Les Éditions du Boréal
4447, rue Saint-Denis
Montréal (Québec) H2J 2L2
www.editionsboreal.qc.ca

Il se fait tard

DU MÊME AUTEUR
AUX ÉDITIONS DU BORÉAL

ROMANS

À voix basse

Les Choses d'un jour

Courir à sa perte

De l'autre côté du pont

Doux dément

La Fleur aux dents

La Fuite immobile

Lorsque le cœur est sombre

Les Maladresses du cœur

Nous étions jeunes encore

Parlons de moi

Les Pins parasols

Les Rives prochaines

Le Tendre Matin

Une suprême discrétion

Un homme plein d'enfance

La Vie à trois

Le Voyageur distrait

NOUVELLES

À peine un petit air de jazz

Combien de temps encore ?

Comme une panthère noire

De si douces dérives

Enfances lointaines

*L'Obsédante Obèse
et autres agressions*

L'Ombre légère

Stupeurs et autres écrits

Tu ne me dis jamais que je suis belle

Un promeneur en novembre

RÉCITS

Qui de nous deux ?

Un après-midi de septembre

Tu écouteras ta mémoire

*Sourire en coin ou les ruses
de l'autodérision*

CHRONIQUES

Chroniques matinales

Dernières chroniques matinales

Nouvelles chroniques matinales

Les Plaisirs de la mélancolie

Le Regard oblique

CARNETS

En toute reconnaissance

Gilles Archambault

Il se fait tard

récits

Boréal

© Les Éditions du Boréal 2021
Dépôt légal : 3ᵉ trimestre 2021
Bibliothèque et Archives nationales du Québec

Diffusion au Canada : Dimedia
Diffusion et distribution en Europe : Interforum

Catalogage avant publication de Bibliothèque et Archives nationales du Québec et de Bibliothèque et Archives Canada

Titre : Il se fait tard / Gilles Archambault.

Noms : Archambault, Gilles, 1933- auteur.

Identifiants : Canadiana (livre imprimé) 20210055375 | Canadiana (livre numérique) 20210055383 | ISBN 9782764626771 | ISBN 9782764636770 (PDF) | ISBN 9782764646779 (EPUB)

Vedettes-matière : RVM : Archambault, Gilles, 1933- | RVM : Écrivains québécois—20ᵉ siècle—Biographies. | RVMGF : Biographies.

Classification : LCC PS8501.R35 Z57 2021 | CDD C843/.54—dc23

À la mémoire de Wilfrid Lemoine

J'ai beau parler bien bas, je tombe toujours de haut.

Jean-Claude Pirotte,
La Légende des petits matins

Traverser la rue

Vient un moment où on se demande si on réussira à franchir une rue dans les délais impartis. Inutile de s'avancer si on ne s'est pas décidé au moment précis où le feu passait au vert. Je m'en étonne encore. Je devrais être habitué pourtant. Depuis un peu plus de trois ans, je suis devenu un drôle de piéton, sorte de caricature de l'homme que je croyais être. Sauf à certains moments de désarroi, je réussis à m'amuser de ma progressive déchéance. Traverser la rue est, à n'en pas douter, une épreuve qui m'occupe tout entier. Ce n'est certes pas le moment de revoir une image de mon passé, la maison de banlieue où j'ai vécu il y a si longtemps. Pourtant, l'image s'impose. Je revois Lise, ma femme, deux jeunes enfants, les nôtres. Il faudra bien qu'un jour je traite de cette période de ma vie. Aucune importance pour l'avenir du monde, évidemment. Depuis quelques mois, le sujet de l'heure, c'est la pandémie. Je n'ai rien à dire sur le sujet. Mon projet à moi est nettement plus restreint. Il concerne un faiseur de livres né en 1933. Il faut un satané toupet pour s'imaginer qu'un lecteur éventuel puisse s'intéresser à une telle démarche. Une auto freine brusquement à moins d'un mètre de moi. Je sursaute. Pas le temps d'avoir peur. Je pense plutôt que je vais me faire engueuler. Après tout, je le mérite. Mais non, la conductrice me sourit. Elle ressemble à s'y méprendre à une comédienne dont je n'arriverais jamais à trouver le nom si je me mettais à le chercher. Blonde, yeux ronds, légèrement prognathe, une image de beauté. Je rejoins le trottoir opposé aussi lestement que je le peux. Je dois grimacer. Le moindre effort m'est devenu pénible. Une canne m'aiderait sûrement. Je m'imagine toujours que je me donnerais ainsi l'aspect d'un vieillard. Ce que je suis devenu. Il faudrait que je me corrige de cet orgueil ridicule, mais ce n'est pas demain la veille. Je suis vieux et buté.

On ne vit pas aussi longtemps que moi sans entretenir des lubies. J'ai déjà eu des convictions politiques, membre d'aucun parti, mais vaguement partisan de ce que j'appelais la gauche socialisante. J'ai mis quelques années à déchanter. Crier des slogans, brandir des pancartes, je l'ai fait deux ou trois fois dans les années 1970. J'étais d'une belle naïveté. J'ai des souvenirs précis de la Saint-Jean en 1968. Pierre Elliott Trudeau, récemment élu, avait tenu à s'afficher en toute arrogance. Tout autour, les policiers matraquaient avec une belle ferveur. Accompagné du syndicaliste Fernand Daoust, j'avais échangé quelques mots avec Gilles Duceppe et avec la comédienne Ginette Letondal. J'étais outré, mais il n'était pas question que je me mêle aux échauffourées. Je n'avais vraiment rien d'un militant. L'accumulation des années n'a fait qu'accentuer ce penchant peu aventureux de mon caractère. Je suis devenu une sorte de petit rentier. Un rentier un peu torturé à l'occasion. N'ayant pas de soucis financiers, je m'applique à supputer le nombre restreint d'années qu'il me reste à vivre sans en ressentir trop d'angoisse la plupart du temps. Je me suis résigné, je ne cherche plus un sens à la bouffonnerie de vivre. Comme refuge, je n'ai trouvé rien de mieux que de m'analyser à la paresseuse. Non que j'espère le moindrement m'amender de quelque façon. Un rentier, vous dis-je, je suis un rentier.

M'étant un peu trop dépêché de franchir les quelques mètres qui me séparaient du trottoir, j'ai le souffle court. Je m'arrête. Pas de bancs en vue. Avec l'âge, je les affectionne, ceux-là. Déplorer cette dépendance serait aussi ridicule. Penser à Voltaire qui, à quelques jours de sa mort, renonce à écrire la tragédie qu'on lui réclame, pense-t-il, parce qu'il n'a plus de couilles. Ce sont ses mots. Alors, Arouet, un conte peut-être, ça ne te tenterait pas, quelques lettres ou un petit pamphlet ? Passé un certain âge, il faut se résoudre aux redditions. Il se trouvera toujours des esprits primaires pour avancer que chez les octogénaires la sagesse a pris la place du dynamisme. Je ne les ai jamais crus. En clair, j'aimerais bien retrouver un peu de la vivacité perdue. Par exemple, traverser une rue l'esprit libre. Un tout petit peu d'aisance. Celle du corps, bien entendu. L'autre, celle de l'esprit, à quoi pourrait-elle encore servir ?

Le souffle court, en réalité, c'est une explication qui n'a rien de scientifique. Pour l'heure, à l'Institut de cardiologie de Montréal, on n'a rien détecté d'alarmant de ce côté. Une chose est certaine toutefois, la machine se déglingue. C'était à prévoir. Normal aussi que je me pose des questions sur ma santé. J'ai passé ma vie à chercher à expliquer l'inexplicable. Sans grands résultats. D'où chez moi le sentiment de plus en plus ancré de vivre dans une sorte d'irréalité. Dans un monde que je perçois depuis longtemps comme étranger, je survis tant bien que mal. Même l'univers des livres, qui m'a si souvent servi de refuge, ne me paraît plus sécuritaire. Tout aussi précaire que le reste. Ce qui ne veut pas dire qu'il ne s'est pas trouvé sur mon chemin des livres qui m'ont bouleversé. Avec un peu de chance, d'autres me retiendront peut-être de sombrer tout à fait. Il ne me reste que peu de temps à occuper. Le trottoir m'appartient. Personne en vue. Le Vieux-Montréal est désert. Je peux marcher à mon rythme sans risquer d'être bousculé. J'aurais tout loisir de songer à la maison qui occupait mes pensées pendant que je traversais la rue McGill. Je réfléchis plutôt à une mystification littéraire à laquelle j'ai participé il y a bien une quarantaine d'années et je me mets à sourire. Les deux jeunes adolescentes que je croise me regardent bizarrement. Je dois leur paraître un peu cinglé. Elles ne peuvent pas savoir que je revois en pensée une des belles périodes de ma vie. Réalisateur à la radio de Radio-Canada, je réunissais chaque semaine autour d'un micro Wilfrid Lemoine, Jacques Brault, François Ricard et Nicole Deschamps. Leur rôle : rendre compte d'un livre récemment paru. Un jour que nous parlions d'Émile Ajar, double de Romain Gary, dont il était beaucoup question à l'époque, l'idée nous était venue de créer collectivement un écrivain québécois mythique, que nous appellerions Camille Bilodeau. Chaque semaine, l'un d'entre nous était chargé d'écrire un chapitre d'une dizaine de pages. Jacques Brault avait accepté de mettre en forme un manuscrit forcément bizarroïde. Le titre, *Une ombre derrière le cœur,* nous avait été inspiré par Château, personnage tiré de *Pnine,* roman de Nabokov. On était en 1978. Dans leurs pages littéraires, les journaux parlaient beaucoup de Réjean Ducharme et les universitaires ne juraient que par le nouveau roman qui sévissait à Saint-Germain-des-Prés. Souhaitant nous moquer de l'air du temps, nous avions sous-titré notre sotie *roman-pluriel*. À la parution, il y avait eu quelques rares recensions. Manque de pot, notre éditeur avait eu des problèmes financiers et avait dû déposer le bilan. Bref, ce fut un coup dans l'eau. Dont nous avions peu souffert, n'attendant rien d'une actualité littéraire loufoque. En cet après-midi de juillet 2020, toutefois, penser à cette aventure me réjouit. Elle avait quand même de l'attrait, cette période où la littérature m'occupait presque exclusivement. Non seulement j'écrivais des livres, mais je gagnais ma vie en me consacrant tant bien que mal à la littérature. J'étais entouré de collaborateurs tout aussi convaincus que moi. Je n'ai vraiment compris cette occasion de bonheur que longtemps après. Depuis déjà quelques semaines, je ne souris plus tellement. J'essaie de me convaincre que je ne dois pas céder à la tentative du renoncement. Sans trop y parvenir. Il y a bien dix ans, je croyais dur comme fer à un axiome d'Elias Canetti : « devant la mort, accélérer, accélérer ». Je n'ai pas encore tout à fait capitulé, mais c'est tout comme.

L'élancement soudain que je ressens à la cuisse ne me surprend pas. Quand on me dit que j'ai de la chance à quatre-vingt-sept ans de pouvoir me mouvoir sans recourir à un fauteuil motorisé, je suis bien d'accord. Il ne faut pas exagérer toutefois. La modération toujours. Jamais plus de deux ou trois verres de vin par jour. Rarement un doigt de calvados. Comme si je souhaitais que la bouteille que j'ai rapportée de Charles-de-Gaulle, il y a bien trois ans, m'accompagne jusqu'à la fin. J'en suis rendu à me demander si la caisse de Perrier que j'ai commandée l'autre jour sera la dernière. Comme si c'était important.

Je parviendrai à me rendre chez moi en une bonne demi-heure. Pour moi, un exploit. Il y a un an, je redoutais même de ne plus pouvoir quitter mon appartement. Je renoncerais donc aux voyages, j'adopterais même un chat. La COVID-19 est venue, je suis bien obligé d'être sédentaire. Je n'ai toujours pas de chat. Je craindrais de ne pas savoir m'en occuper. Chez moi, il crèverait d'ennui, le pauvre. Et puis, je suis devenu craintif. J'appréhende les chutes. Il suffirait qu'il se lance dans mes jambes pour que je perde l'équilibre et que je me fracture une hanche.

Je me remets à penser à la maison de banlieue où, il y a une soixantaine d'années, je me suis initié à la paternité. Les jours de mon enfance, je les ai presque enterrés dans le fin fond de ma mémoire. Ai-je vraiment été le garçonnet triste que j'ai imaginé plus tard ? Je ne le saurai jamais et n'y attache plus tellement d'importance. Les premières années de ma vie conjugale en revanche, je ne cesse pas de les revoir, depuis quelques mois. Ce n'est pas le temps qui me manque. Je rabâche ma vie comme si je craignais d'en perdre le souvenir. Tout est devenu précaire. La mémoire aussi.

Vieilles photos

Habituellement quand je rentre à l'appartement, je m'accorde une petite sieste. Aujourd'hui, non. Toutes affaires cessantes, je me suis mis à regarder de vieilles photos. L'occupation est périlleuse. Je ne le sais que trop. Mais puisque j'ai décidé de faire place nette avant de mourir, il n'est pas question de lésiner. L'élagage de CD et de livres auquel je me suis livré il y a deux ou trois ans n'a pas été douloureux. Il m'a même apporté un étonnant allègement. Et puis pourquoi ne pas l'avouer, je ne suis pas encore prêt à entreprendre la rédaction du récit de mes premières années avec Lise. Ce faisant, je le sais, je retrouverai certaines zones d'ombre, je reverrai quelques-unes de mes attitudes passées qui me gênent. C'est ce qui m'a poussé à sortir les deux caisses dans lesquelles j'ai remisé pêle-mêle des centaines de photos au cours des années. Je refuse de m'en défaire, encore plus de les détruire. Je voudrais plutôt les classer. Comme si, confiant en l'avenir, j'entendais les conserver pour satisfaire la curiosité d'éventuels inconnus. Je savais que je m'attarderais sur certaines d'entre elles, surtout celles de nos enfants, des enfants qu'à leur tour ils ont eus. Pour moi, elles sont la présence même de la vie. La vie que trop souvent je n'aurai qu'effleurée. Pas assez disponible, me contentant d'être une sorte de figurant d'une pièce que d'autres jouaient. Tant de choses se passaient autour de moi. J'étais ailleurs, souvent occupé par des fariboles. C'est ce que j'écrirai demain peut-être.

Depuis ma vingtaine, je me suis entouré de livres. Ils ont changé ma vie. Je n'ai jamais été tenté de le déplorer. Jadis ou maintenant. Pour l'adolescent que j'étais, il y avait d'un côté la vie et de l'autre le sens qu'en donnaient des écrivains aimés. Mais comment ai-je pu m'imaginer un seul instant que j'aurais le temps de lire tous ces livres dont je me suis dit un jour qu'ils valaient d'être lus ? Quand je m'attarde devant ce qui reste de ma bibliothèque, je suis pris d'un irrésistible désir d'ironie. Par exemple, comment ai-je pu croire que j'aurais un jour la tentation de lire *Causeries du lundi* ? De Sainte-Beuve, je ne connaîtrai jamais que quelques-unes de ses pages vitrioliques sur Victor Hugo, Musset ou George Sand. J'avais pourtant à peu près soixante-quinze ans quand j'ai acheté les deux volumes de la collection de la Pléiade dans lesquels étaient tamponnés des ex-libris de Jean Éthier-Blais.

Je me doutais bien que je les feuilletterais à peine, mais j'avais encore besoin de m'illusionner. Des inédits de Stendhal, de Perros ou de Kafka, rien d'étonnant à ce qu'ils aient titillé ma curiosité, mais Sainte-Beuve ! Ce vieux garçon, l'image même d'un monde littéraire justement oublié. Au fond, ce sont les ex-libris qui m'ont retenu. Éthier-Blais a toujours été une énigme pour moi. Un peu trop porté vers l'académisme à mon goût, encensant parfois avec excès des livres qui me tombaient des mains, mais l'homme était loin de me laisser indifférent. Je ne détestais pas non plus chez lui son ironie, dont certains traits à la Paul Léautaud étaient d'une belle méchanceté. Il était férocement à l'écart de certaines modes et aurait volontiers accepté d'en créer d'autres. J'ai toujours eu un faible pour les dissidents, iconoclastes ou non. Quand il avait la forme, Éthier-Blais vivait son anachronisme avec une allégresse réjouissante.

Longtemps, j'ai accumulé les livres comme si je vivrais neuf vies, mais je n'ai jamais possédé d'appareils photo. Allez savoir pourquoi. D'avoir toujours été un nostalgique impénitent aurait dû me porter à multiplier les souvenirs. Tout s'est passé comme si j'avais choisi de me fier à ma mémoire. Laquelle n'est au mieux qu'une passoire. À la fin de ma vie, je sais que je n'ai retenu que des bribes. C'est peut-être à cause de cette carence que je n'ai rien fait pour bannir en moi la présence de certaines images du passé. Je me revois à diverses périodes de ma vie, je m'interdis de condamner de façon trop véhémente certaines des bourdes que j'ai commises. Je m'accorde assez aisément le pardon. Comment, par exemple, en vouloir à l'adolescent que j'ai été ? Maladroit, craintif, pleutre, tout ce qu'on veut, mais au moins j'avais la vie devant moi. Toutes ces années qui me donneraient l'occasion de secouer ma torpeur et que je n'ai pas toujours occupées de façon idoine. Comment aurais-je pu réagir autrement ? Les jours m'ont bousculé avec une rudesse renouvelée. À peine étais-je sorti tant bien que mal d'une expérience que s'en présentait une nouvelle. Je n'ai jamais tellement su affronter l'adversité, vite effondré, mais tout aussitôt sur pied.

Les CD et les livres dont je me suis défait, j'ai souhaité que des inconnus les chérissent à leur tour. Souci tout à fait naïf, j'en conviens. Les livres qui ont été l'une de mes raisons de vivre n'ont plus tellement la cote. Tout autour, on s'en passe allègrement. Il n'en va pas autrement pour le jazz, qui m'a longtemps occupé. Je suis de plus en plus en dehors de la vie. Je l'avais bien prévu un peu, mais le choc est brutal. Les quelques photos que j'ai conservées de ma vie d'écrivain sont déjà obsolètes pour la plupart de mes contemporains. Et cela me semble dans l'ordre des choses. Ils ont des préoccupations qui m'indiffèrent pour la plupart. J'ai plutôt en tête mes enfants. Ce sont eux qui auront la tâche de faire le tri. Ils découvriront des photos de leurs grands-parents. Dans la famille de Lise, on était plus porté sur les souvenirs que dans la mienne. J'aime penser qu'ils auront une certaine curiosité pour quelques-unes de ces photos puis, absorbés par le présent, ils les oublieront. Ils n'auront certes pas la même curiosité pour les quelques reliquats de ce que j'appellerais ma vie publique si j'étais vraiment cinglé. Je les comprends. De toute manière, ils ne sauront identifier la plupart des gens que j'ai fréquentés, souvent par pure obligation. Bon nombre d'entre eux sont morts ou, s'ils vivent encore, sont devenus de parfaits inconnus. Si j'ai pu sans hésitation mettre au rebut des articles, favorables ou non, concernant mes livres, je suis plus timide pour ce qui est des photos. À mon premier livre, par exemple, je m'étais même rendu chez un photographe professionnel. Était-ce mon éditeur, Pierre Tisseyre, qui me l'avait proposé ou m'étais-je cru écrivain en titre devant posséder une sorte de carte de visite professionnelle ? Je ne sais plus. La photo est mauvaise. J'aime toutefois la regarder. Elle me fait revivre des moments presque exaltants de ma vie. Mon livre était publié. Un de mes rêves les plus importants était exaucé. Bien sûr, j'étais plein de doutes quant à ce livre. Comment serait-il reçu ? Ne risquais-je pas d'être ignoré ? Je me consolais à l'avance en pensant à un autre roman dont j'avais écrit le début. Je savais déjà que vaille que vaille je vivrais ma vie en l'écrivant. À aucun moment toutefois ne me suis-je vu poursuivre une carrière d'homme de lettres. Ce qui entoure la publication d'un livre m'a toujours semblé étrange. J'aurais presque accepté que mon nom n'apparaisse pas sur la couverture d'un de mes romans. Si j'ai aimé écrire, j'ai eu peine à supporter la plupart des obligations qui en étaient l'occasion.

Notre maison

Inutile de tergiverser plus longtemps. Si j'ai ressorti hier les deux boîtes de photos, c'était pour remettre à plus tard le récit d'une période de ma vie à laquelle je ne pense jamais sans gêne. J'ai essayé de me faire croire qu'une photo m'aiderait peut-être à retrouver certains souvenirs. Elle date de 1965. Lise est debout devant un bac de sable. Deux très jeunes enfants, les nôtres, une fille, un garçon, y jouent. La photo en noir et blanc avait sûrement jauni. Elle me tiendrait lieu de la visite à la maison de banlieue que je ne ferais pas. Je ne l'ai pas trouvée. Peut-être n'existe-t-elle tout simplement pas.

En rêve, les choses paraissent faciles. Il me suffirait de sonner à la porte de cette maison où j'ai frôlé le bonheur. J'oserais expliquer à l'occupant actuel des lieux, un vieillard dans mon genre, mon désir de revivre mon passé l'espace de quelques instants. L'homme ne s'étonnerait pas de ma demande et m'offrirait même de me laisser seul pendant une heure ou deux. Je pourrais ainsi mieux revoir certaines scènes. On n'aurait apporté aucun changement significatif au décor. Les meubles que je découvrirais ressembleraient étrangement à ceux que Lise avait choisis. Et, pourquoi pas, je réussirais sur le coup à me persuader que je n'avais pas encore trente ans et surtout que je n'avais pas tellement de dispositions pour le bonheur.

Ce rêve, j'ai dû le faire à une quinzaine de reprises ces derniers mois. Il se termine souvent mal. Parfois les murs du bungalow s'écroulent, parfois une pluie diluvienne tombe sans arrêt. Il peut arriver que je m'y retrouve seul, ma femme ayant décidé de rompre et de partir avec les enfants. Moi qui ai si souvent déploré en ce temps-là de ne pas disposer de suffisamment de temps pour écrire à mon aise, je me retrouvais seul. Libre mais effondré. Lise ne m'a jamais abandonné. Je n'ai jamais souhaité qu'elle le fasse, ni envisagé de partir de mon côté. Sans m'en rendre compte, j'étais déjà à ma façon le petit rentier que je deviendrais. Mais un petit rentier étonnamment inquiet.

Au réveil, chaque fois, je me sens étrangement libéré. Le temps a passé. La maison de banlieue existe toujours. J'ai vérifié. Toutefois, je n'irai pas demander d'y entrer. Il n'est même pas question que je me rende en taxi rue Guertin. Je n'ai jamais été curieux de savoir qui était cet homme en l'honneur de qui on avait nommé cette artère d'un quartier naissant. Expliquer au chauffeur de taxi mon désir de revoir notre ancien domicile, je ne pourrais pas. J'ai de plus en plus horreur de me justifier. Et puis, chauffeur ou non, je n'ai plus cette curiosité. Elle m'a passé, comme des tas d'autres désirs. Dix années se sont écoulées depuis la mort de Lise. J'ai mené pendant toute cette période une vie de célibataire. Il serait exagéré de dire que j'ai constamment souffert de la situation. Je ne m'accommodais pas de ce deuil, j'en ai ressenti toute l'horreur, mais je savais que la solitude était la seule solution. La mort de ma femme rendait ma vie parfaitement inutile. Pour me donner l'impression de vivre, j'ai continué d'écrire, prenant soin de ne pas verser dans l'apitoiement. Arrivé au terme de ma vie, aurais-je souhaité avoir un autre destin ? Je ne me pose plus la question depuis longtemps. Ai-je réussi ma vie ? Je n'en sais rien. De toute manière, que vaut une aventure qui se termine par la mort ?

Quand l'âge s'impose, on n'a d'autre recours que celui de la résignation. Surtout ne pas se plaindre. Je ne convaincrais personne. Des occasions de bonheur se sont présentées à moi tout au long de ma vie, je n'en ai saisi que quelques-unes. Que mon sort soit celui de tous les humains ne me console en rien. Je préférerais même que quelque part sur terre certains êtres puissent échapper à la déchéance inévitable d'une fin de vie. Évidemment, ce serait une illusion. Une autre. Mieux vaut passer par l'humour, les jours où je m'en sens la force.

Hier, pendant que, distrait, je franchissais tant bien que mal la rue Saint-Jacques, j'étais dans ma bulle. J'étais tout entier à ma rêverie. Oui vraiment, je n'avais pas trente ans, j'aimais une femme, j'étais père deux fois. Il m'arrivait d'avoir les larmes aux yeux en regardant nos enfants s'amuser. Je n'oubliais pas très longtemps ma conviction que la paternité est inexplicable pour peu qu'on ait le sentiment de la responsabilité. A-t-on le droit de contribuer à donner la vie quand on n'a pas trouvé de sens à sa propre existence ? J'accueillais la plupart des entraves du quotidien sans trop de difficultés. Subsistaient en moi certaines obsessions. J'avais cru aimer pour toujours, j'aimais, mais étais-je prêt à renoncer à tout jamais à une nouvelle relation amoureuse ? La réponse, je ne l'avais pas trouvée lorsque le hasard m'a mis en présence d'une femme que, pendant quelques mois, j'ai même cru aimer. Des mois avant de me rendre compte qu'en réalité, si elle m'attirait, c'était surtout à cause de sa détresse. Après quelques semaines, je me suis aperçu que je ne réussirais jamais à la rendre moins malheureuse. Je dois ajouter qu'elle était très belle. Et que je l'ai désirée. La moindre prudence aurait voulu que je me refuse à cette amitié amoureuse. J'atténuais probablement le mal de vivre de cette femme, mais j'introduisais dans notre couple un malaise qui allait persister. Lise en a souffert et je n'ai fait qu'ajouter à mon inconfort de vivre. Ce n'était certes pas le bonheur que je recherchais dans cette amitié amoureuse. À peine un supplément de douceur. De cet intervalle, je ne veux rien dévoiler de précis parce que le souvenir de Lise me l'interdit. Qu'il me suffise de dire que les mensonges que suppose une double vie m'ont très tôt paru insupportables. J'ai trop tardé à mettre fin à une impossible amitié.

Même au plus fort de cette incartade, je me sentais très proche de Lise. La femme de ma vie, c'était elle. J'avais cru et je croyais qu'elle resterait pour toujours mon indispensable confidente. Mes parents m'avaient donné l'exemple d'un couple uni. Lise avait mon âge, à un mois près. Nous venions du même quartier de Montréal. Notre expérience du monde différait peu. Si j'excepte mon désir d'écrire, nous étions au même diapason sur à peu près tout. Les différences entre nous, je les voyais. La plupart du temps, elles me paraissaient être en sa faveur. L'élément stabilisateur de notre couple, c'était elle. L'éducation des enfants, elle en faisait son affaire avec tact et discernement. Tout cela se passait autour de moi. J'étais occupé ailleurs. L'écriture, le travail à la radio, cette liaison, j'étais disponible, bienveillant, mais pas toujours accessible. Quand je me rendais compte de mes distractions, je m'amendais pour quelques jours.

Le désir que j'ai parfois eu de retourner à notre ancien domicile est aussi touchant que pitoyable. Je me revois plus jeune, imbu de désirs que je ne ressens plus que fort modérément. Envisager l'avenir n'allait pas sans risques. Prudent et téméraire à la fois, j'allais au-devant des imprévus avec une inconscience mesurée. Grandissait en moi la tentation de l'écriture. Combien de tentatives infructueuses pendant les premières années de ma vie de couple. Les refus de publication, je ne les ai pas tellement connus, puisque je terminais rarement mes manuscrits. J'étais le seul témoin de mes échecs. Bien sûr, Lise était mise au parfum. Était-elle parfois ennuyée d'entendre mes jérémiades ? Elle n'en faisait jamais état. Il faut dire que sur le sujet j'étais peu loquace, me sentant un peu ridicule.

Longtemps après, une quarantaine de livres plus tard, je regrette ma distraction d'alors. Cette obsession de l'écriture n'a-t-elle pas fait de moi un père et un mari souvent distant ? D'être tenu pour un écrivain valait-il cette abstraction ? J'avais cru faire en sorte que mes enfants ne souffrent pas d'un certain isolement qui me paraissait indispensable, mais de ce fait n'ai-je pas été un peu un étranger dans ma propre maison ? Je l'apprendrais à mes dépens. Le chemin de l'écriture est plus que hasardeux. J'en retirerais quelques joies, vite effacées par le doute qui ne tardait pas à venir, mais je ne m'imaginais pas vivre autrement. Il m'arrivait d'affirmer qu'écrire, c'était vivre deux fois. Avec le temps, je suis devenu plus prudent. Je dirais plutôt qu'écrire est une façon d'être qui vous a été imposée un peu comme la couleur de votre peau ou le pays qui vous a vu naître. Tant pis si cette incitation qui vous habite ne s'achève pas par la publication. Il n'est pas rare que je songe à ce qu'aurait été ma vie si on ne m'avait pas donné ma chance. C'était en 1963. Ainsi que je l'ai écrit ailleurs, je suis entré en littérature par une bien petite porte. Il m'est évidemment arrivé à l'occasion d'être outré ou déçu par une recension critique qui me paraissait injuste, mais n'avais-je pas couru après cette déception ?

Je me revois vers 1960. Nous venons d'emménager dans une maison en banlieue nord de Montréal. Modeste mais convenable, tout à fait appropriée à notre situation financière. Ma femme avait décidé d'être pour quelques années ce qu'on appelait encore une femme au foyer. Elle avait donné naissance à une fille. Elle serait bientôt de nouveau enceinte. Ce serait un garçon. Entré à Radio-Canada en 1958 à titre de membre d'un comité de lecture, je ne tarderais pas à me rendre compte de l'inutilité de ce travail. Quand je lirais plus tard *Le Désert des Tartares* de Dino Buzzati, l'histoire de Drogo, jeune officier ambitieux envoyé en garnison dans un fort éloigné, je ne pourrais manquer de revoir mes premières années à Radio-Canada. Toute sa vie, Drogo attendra en vain la venue d'une guerre qui lui apportera la gloire. Je n'attendais pour ma part qu'une occupation qui ne me paraisse nettement vaine. La mienne l'était d'emblée. Ne nous étaient soumis que des textes déjà diffusés ou encore des manuscrits sans intérêt. Pour tout compliquer, au bout de quelques mois, on me proposait de devenir adjoint au directeur. Comment refuser ? Il y avait l'augmentation de traitement, mais aussi l'ajout de tâches administratives pour lesquelles je n'avais aucun penchant. De cette période de ma vie me reste une persistante impression d'ennui. J'avais pour Robert Charbonneau, mon chef de service, la plus grande des considérations, j'aimais certaines de nos conversations autour de la littérature, je n'oubliais pas qu'il m'avait permis d'entrer dans la boîte, mais je me voyais mal m'éterniser dans un poste inutile. Un jour, j'ai appris qu'on engagerait des réalisateurs radio.

Je mentirais si je disais que ma vie d'alors était difficile. Rentré à la maison, j'oubliais assez aisément le travail. J'avais vingt-sept, vingt-huit ans. Je me désespérais bien un peu de ne pas arriver à terminer un roman, mais j'appréciais la douceur de ma vie. Mes réticences par rapport à la paternité paraissaient bien vaines en présence de notre petite fille. Dès la venue de France, je me suis senti responsable de tous les malheurs que la vie pourrait lui réserver. L'arrivée de son frère, Sylvain, ne changerait en rien mon sentiment. Leur bien-être m'importait plus que tout. Père distrait si on veut, mais présent. Quel genre de mari étais-je ? À ce qu'il me semble, j'étais raisonnablement épris. Les emportements amoureux n'ont jamais été mon fort, mais j'étais plutôt prévenant, j'oubliais pour quelques jours d'être trop distrait, j'étais presque attentif. Du moins, je l'imagine. Je n'étais pas toujours sûr d'être fait pour les obligations de la vie conjugale.

Le vendredi soir, je rentrais chez moi soulagé. Congé jusqu'au lundi. J'avais plaisir à pousser le landau dans lequel reposait l'un ou l'autre de nos enfants. Je jouais volontiers de longs moments avec eux. Ma femme s'est rapidement rendu compte que l'hurluberlu qu'elle avait accepté ne serait jamais un homme heureux. J'appréciais à son juste mérite la douceur de notre état. Lorsque survenait un accroc, fréquent dans un couple, j'étais vite désemparé. Lise convenait aisément de ce qu'elle appelait son sale caractère. À ce chapitre, je n'étais pas en reste. Nos différends étaient peu fréquents et de courte durée.

Je sais maintenant que si une prescience m'avait alors habité, je me serais appliqué à profiter de chacun de ces moments. Les désagréments qu'on ressent dans le jeune âge peuvent être terribles, les miens ne l'étaient pas, mais l'avenir le plus incertain est préférable au néant qui sera bientôt mon seul avenir prévisible.

Ces années-là, il m'arrivait bien évidemment d'éprouver occasionnellement de profondes joies. J'ai toujours aimé la présence des enfants. Ils apportaient au quotidien une poésie qu'il n'a pas. Ajoutez à cela la culpabilité que je ressentais de leur existence même et vous aurez une idée assez juste de la fascination qu'ils exerçaient sur moi.

Je me suis assez tôt comporté comme un mari distrait. Je pouvais être à l'occasion très présent, assez régulièrement affable, mais je n'ai pas vu que la routine s'installait petit à petit dans notre couple. Tout en déplorant encore de ne pas consacrer assez de temps à l'écriture, je commençais à éprouver une étrange sensation d'étouffement. J'aimais ma prison, mais je parvenais difficilement à ne pas tenir compte de mon état de captivité.

Plusieurs années après, je regrette mon attitude d'alors. Posons tout net que si j'ai brièvement aimé ailleurs, je n'ai jamais cessé de tenir ma femme pour admirable, mais pendant des mois j'ai été un être trompeur, faisant tout pour ne pas blesser, mais n'y parvenant évidemment pas. Et toujours habité par un profond sentiment de trahison. Qu'on ne m'imagine pas en homme heureux. J'étais on ne peut plus torturé. J'ai su très tôt le gâchis dont j'étais l'artisan. Mais comment me défaire de liens qui ne résolvaient rien ? Cet épisode marquerait notre union pour le reste de nos années de couple. Nous n'en parlions pas, mais une ombre persistait. En moi grandissait la certitude d'avoir trahi un serment. Depuis la mort de ma femme, cette impression est devenue une certitude. Pensant réussir à calmer la solitude d'une femme, j'ai eu la cruauté de torturer ma compagne pendant de longs mois. Il a brièvement été question d'une séparation, mais je n'en étais pas l'instigateur. Je savais trop ce que la rencontre de Lise m'avait apporté et ce qu'elle m'apportait. Je ne me reconnaissais pas dans le dissimulateur que j'étais bien forcé d'être. Quand, à la suite de la parution de *Qui de nous deux ?*, livre que j'ai écrit en hommage à Lise, des lectrices ont eu l'impression que j'avais été pour elle un compagnon rêvé, j'en ai toujours ressenti un profond malaise. Il y avait erreur sur la personne. Je ne suis au mieux qu'un inconscient qui s'est imaginé qu'une femme avec qui il ne vivrait jamais avait besoin de lui.

Revoir la maison où nous habitions ne m'apporterait rien. Les rires des enfants, leurs jeux, la présence de nos chats, les voix de nos parents qui nous rendaient visite, je devrai les retrouver autrement. Et toujours avec cette tristesse inouïe que ramène chez moi toute évocation du passé.

Il n'est pas rare que, revoyant ces jours enfouis, je me reproche mon insouciance d'alors. Une insouciance bien particulière. Je plongeais tête première dans les projets les plus divers. Pleinement conscient de la fuite inexorable des jours, je me comportais un peu comme si j'étais immortel. J'appréhendais la venue du vieillissement, j'en parlais volontiers, mais comme tout cela me paraissait lointain. Je me souviens d'un collègue de travail, ancien jésuite alors à l'approche de la soixantaine, qui me paraissait bien vieux. Il me parlait avec beaucoup de vénération de Dinu Lipatti, pianiste roumain, merveilleux interprète de Bach et de Mozart. Aujourd'hui, j'ai presque trente ans de plus que l'âge qu'il avait alors, je sais que je suis vieux, que tout espoir m'est interdit. Lorsque survient un relent de dynamisme, je me trouve amusant. Si je dépasse les bornes, cela m'arrive, je me moque un peu de moi. Oui, un peu. Car j'ai appris à me ménager. À l'époque où Lise était encore à mes côtés, elle savait me servir de garde-corps. Souvent, il lui suffisait d'un sourire presque narquois. Je comprenais que j'étais allé trop loin.

Conversations

Je n'ai jamais déploré d'avoir vécu une bonne partie de ma vie en cercle plutôt restreint. Volontiers taiseux, je ne frayais en général qu'avec des amis de longue date. Ils connaissaient mes tics, je connaissais les leurs. Je n'ai jamais souhaité avoir une vie sociale active. La maison m'a toujours été refuge. Selon toute vraisemblance, Lise ne pensait pas autrement. Nous vivions dans une sorte de château fortifié. N'y entrait pas qui voulait.

Peut-être est-ce à cause de l'habitude que j'avais de l'enfermement, je n'ai jamais eu que d'étranges rapports avec la conversation. La plupart du temps, les mots me venaient aisément, mais il n'était pas rare non plus que le silence me semble une attitude souhaitable. Qu'on ne se méprenne pas, je ne demandais pas mieux que de sortir de mon isolement, mais je n'y parvenais pas. Vers la quarantaine, j'ai tenté à quelques reprises de me faire violence. Quand, par exception, il m'arrivait d'aller à un lancement ou à un vernissage, je n'avais de cesse que je n'aie trouvé un invité tout aussi peu à l'aise que moi en société. Ils sont aisément repérables, mes semblables, ne naviguant pas d'un groupe à l'autre, distribuant poignées de mains et baisers sur la joue comme un politicien en campagne. J'avais une préférence pour les timides, hommes ou femmes. N'ayant en rien l'attitude d'un dragueur, je me faisais rarement rembarrer par une inconnue. On devait me trouver malhabile. Peut-être avait-on compris que je craignais de me retrouver seul. Je devais donner l'impression d'être à la recherche d'une oreille compatissante. En réalité, j'aimais écouter. Aurait-on été si loquace avec moi si on avait su que ma mémoire était pleine de trous et que de toute manière mon attention avait d'importants ratés ? Un peu comme au cinéma, j'ai toujours eu du mal à suivre une intrigue du début à la fin, j'écoutais sans écouter. J'aimais découvrir un monde pour moi inédit et m'en échappais seulement lorsqu'un trait trop appuyé ou un détail trop banal apparaissait. J'aimais ces moments où semblent poindre un univers nouveau, une invite au partage d'une vie qui jusque-là m'était interdite. Et en échange, j'avais parfois d'étranges aveux. Bien sûr, je m'apercevais souvent que mes espoirs n'étaient pas récompensés, que la jeune femme qui m'avait ébloui une demi-heure auparavant nageait dans le convenu, le conventionnel. Je me rendais compte aussi que mes propos ne paraissaient pas avoir beaucoup d'intérêt pour l'inconnue.

J'évoque un temps révolu. Si je ne quitte presque jamais mon appartement, ce n'est pas uniquement parce que je me déplace plus difficilement. Vieillir est avant tout une mise au rancart progressive. Je dois bien admettre que si les femmes sont pleines de prévenances avec moi, elles se contentent d'être aimables et n'évitent pas de me faire compliment de ce qui leur semble être ma bonne santé. Ce n'est pas à une vieille chose dans mon genre qu'elles feraient des confidences. Mon temps est largement dépassé. Pourquoi pensez-vous que je n'écris plus de romans et que je n'arrive pas non plus à en lire ? Mes personnages féminins étaient en général inspirés par des propos que j'avais entendus, intimes ou non. Pas question pour moi de décrire de l'intérieur une quelconque héroïne. Je ne m'en suis jamais donné le droit. Le sens du ridicule accomplit le reste. Vieillir, c'est se voir glisser hors de la réalité. Parfois avec amusement, parfois avec horreur.

Pour cela et pour des tas d'autres raisons, il devient essentiel de tenter de se regarder vivre en apprenant petit à petit à composer avec sa décrépitude. Ne pas l'exagérer, ce serait complaisance, mais ne pas être trop souvent dupe. Ne pas non plus médire de la beauté parce qu'elle ne nous est plus accessible sous une forme souhaitée. J'ai mis beaucoup de temps à admettre qu'il n'y a pas que de la tristesse dans la nostalgie. Je me suis aperçu un peu tardivement que j'ai parfois frôlé des moments de bonheur en toute inconscience. Une certitude : elles ne reviendront pas, ces illuminations.

Ce serait même pour moi l'une des calamités du vieil âge. Je le redis, on s'adresse à moi avec aménité en règle générale. On peut me demander un conseil, mais qu'est-ce à côté de ces conversations d'il y a quelques années à peine pendant lesquelles un inconnu ou une femme rencontrée presque par hasard me faisait ce qui me paraissait, à tort ou à raison, une confidence inédite ? On m'admettait dans un monde nouveau. Pour moi, vivre, c'était aussi entrer dans l'intimité des êtres. Pour un instant ou deux ou pour des années. Il m'arrive de pouvoir reconstituer avec précision des conversations d'il y a trente ou quarante ans. J'entends des paroles, je revois des clignements d'yeux, des moues, des mains qui s'agitent. La plupart du temps, j'en conclus que j'ai eu de la chance. Elle ne reviendra pas.

Mort à Venise

Plus s'approche le jour de ma mort, moins je redoute au fond le moment de sa venue. J'en parle à mon aise puisque, selon mon médecin, je ne suis pas près de plier mon ombrelle. Je fais mine de le croire, histoire de ne pas prolonger indûment la durée de ma visite à son cabinet. Certains jours, je reçois cet avis de longévité avec accablement. Je serais d'accord avec Ambrose Bierce qui, dans son *Dictionnaire du Diable*, avance que la longévité est la « prolongation inconfortable de la peur de la mort ». À d'autres moments, je suis presque réjoui. Comme si je ne ressentais pas dans mon corps une usure qui ne trompe pas.

Quand je pense au dernier de mes jours, une image s'impose à moi la plupart du temps. Je revois Dirk Bogarde regardant la mer. Il incarne un vieux compositeur qui accueille la mort dans une Venise aux prises avec une épidémie de choléra. Plutôt que de fuir la ville, comme le commanderait la plus élémentaire prudence, il cède à la fascination qu'exerce sur lui un jeune androgyne à la beauté remarquable.

Je ne suis jamais allé dans la cité des Doges. C'est la peinture qu'en a faite Luchino Visconti qui résume cette ville pour moi. *Mort à Venise*, je l'ai vu au moins cinq fois en salle. Toujours avec le même ravissement. La nouvelle de Thomas Mann qui l'a inspiré n'a pas pour moi le même intérêt. Je ne connais rien au cinéma, mais je me permets d'écrire que l'alliage de la photographie et de la musique atteint dans ce film à une rare perfection. Le lyrisme de Mahler accompagne à merveille un décor qui semble évoquer Turner.

Je me souviens de ce jour de 1971 où j'étais entré dans une salle de Montparnasse, poussé par le seul désir d'échapper à une pluie violente. On avait beaucoup parlé de ce film lors de sa présentation à Cannes quelques mois plus tôt. On lui avait même décerné le prix du vingt-cinquième anniversaire du Festival. Pas une incitation pour moi. J'ai horreur des mondanités dont cette manifestation est l'occasion. Mais enfin, j'étais coincé, pas question d'affronter l'orage, la projection allait commencer. Visconti et Venise, pourquoi pas ? J'avais terminé la veille *Venises* de Paul Morand, qui venait de paraître. C'est dans ce livre crépusculaire et revanchard que j'avais lu une phrase qui m'avait marqué : « Est-ce la destinée, ou est-ce ma faute : j'arrive toujours quand on éteint. »

Dès les premières images, l'entrée dans le port par un jour de brume, la musique de Mahler, j'avais été subjugué. Le cadre de l'action, le célèbre Grand Hôtel des Bains, rendez-vous de la grande bourgeoisie et de la petite noblesse, est la parfaite illustration d'un monde qui m'exclut. Pourtant, la fascination opérait déjà. Visconti agit comme un peintre qui lentement plante son décor. S'il s'attache d'emblée aux agissements de son personnage, s'il nous montre patiemment un von Aschenbach faisant son entrée dans la ville, se comportant en tous points comme un homme conscient de sa notoriété, il ne néglige pas pour autant les plans d'ensemble, la salle à manger de l'hôtel, sa plage, les ruelles inquiétantes d'une ville en pleine pandémie. Il y a surtout l'apparition de Tadzio, l'adolescent à la beauté fulgurante. Gustav von Aschenbach sait bien qu'il est la victime d'un jeune joueur. Dans un premier temps, il décide de quitter la ville, puis il revient sur sa décision. Il préfère la mort inévitable au renoncement que serait son départ.

Quand je suis sorti du cinéma ce jour-là, la pluie avait cédé la place à un soleil radieux. J'avais souhaité qu'il fût plus discret. Après tout, je quittais une Venise menacée. Les terrasses des cafés, bondées comme à l'habitude en fin d'après-midi à Paris, me paraissaient comme autant d'incongruités.

À l'instant de ma mort, je souhaite être seul.

Tant mieux si je suis dans un transat, face à la mer. On imagine que von Aschenbach revoit sa vie en un instant, qu'il songe à la beauté qu'il a imparfaitement évoquée dans ses œuvres. Moi qui ne serais au mieux qu'un honnête artisan des mots, je souhaiterais au moment de mon entrée dans le néant revoir en un éclair des gestes de femme, les tiens, Lise, et entendre des voix d'enfants. Ce serait pour moi une mort presque convenable. Mais je serais seul. Ne pas me donner en spectacle.

Destinée

Étant venus de rien
Où allons-nous enfin ?

FERNANDO PESSOA, *Rubaiyat*

Je devais avoir quatorze ou quinze ans. Il était coutume à l'époque de convoquer les adolescents que nous étions pour une étrange opération qu'on appelait « retraite fermée ». Pendant deux ou trois jours, on nous invitait à réfléchir sur notre destinée, nous à peine sortis de l'enfance. Prétexte pour nous endoctriner, pour refréner nos désirs naissants. J'aimerais bien avancer que j'avais dès lors détecté l'existence du pot aux roses, mais ce serait mentir. À la suite du plus inexplicable des hasards, on m'avait attribué la tâche de lire à haute voix pendant les repas des textes d'inspiration religieuse. S'agissait-il d'évangiles ou d'extraits d'hagiographies, je ne me souviens plus très bien. J'étais tout entier à mon occupation. Je n'avais pas tardé à me rendre compte que personne ne m'écoutait. Ce n'était que normal. Je ne m'en affligeais nullement. Mon rôle consistait à meubler l'atmosphère ainsi qu'on commençait à le faire avec la musique dans les ascenseurs. Perché sur une modeste estrade haute d'à peine deux mètres, je voyais bien que mes condisciples s'amusaient ferme, que certains d'entre eux se lançaient des boulettes de viande, pirataient l'assiette du voisin ou rigolaient. Peu à peu je me rendais compte que j'étais presque dans la situation de l'abbé joufflu qui nous entretiendrait quelques minutes plus tard de ce qui lui tenait lieu de spiritualité. Comme moi, il livrait la marchandise, m'étais-je mis à croire, en pensant à la double portion de dessert qu'en tant que lecteur attitré on ne me refuserait pas. J'avais le droit en priorité à un avant-goût de la béatitude éternelle.

Je ne me doutais pas encore que j'écoulerais plusieurs années à me demander quelle signification avait ma vie. Puisqu'il devenait évident que je rejetterais toute interprétation religieuse de l'existence, je me réfugiais vers mes dix-sept ans dans une sorte d'athéisme conciliant. Je pouvais trouver un certain attrait au style drapé de Chateaubriand, être intrigué par la fougue de Léon Bloy ou le mysticisme de Rouault, conserver un excellent souvenir d'éducateurs ensoutanés, mais je n'ai jamais cessé de croire que je vivais dans l'absurde le plus total.

De tout temps, l'humanité s'était réfugiée dans des croyances rapidement instrumentalisées par des religions et des sectes sans nombre. Ce n'était pas une raison pour se joindre au troupeau. Comme pour des tas de jeunes de mon époque, Camus a été mon inspiration. Sartre presque autant. Le romancier, le dramaturge, pas le philosophe, pour moi inaccessible.

Je m'explique mal que dans le climat généralisé d'irréligion qui règne dans nos sociétés occidentales, on continue à traiter de ce qu'on appelle l'au-delà en utilisant des formules niaises. On dit encore à propos d'un veuf à son dernier râle qu'il rejoindra ainsi la femme aimée jadis. On n'a jamais pensé à l'improbabilité de la résurrection des corps, mais on répète des formules vides de sens.

Devant le néant qui m'attend, il ne me reste plus qu'à frémir. Ce n'est pas encore le cas. Comment nier que cet ultime chemin présente de bons moments. Je m'efforce de ne penser qu'à eux. J'y parviens parfois. Viendront peut-être vers la fin des épisodes de terreur. Comment vais-je me débrouiller ? Je ne peux que souhaiter ne pas trop compliquer la vie de ceux qui auront pour tâche de m'accompagner pendant ce voyage obligé. Pourvu que je ne me mette pas à délirer ou à pleurer. Les retraites fermées de ma jeunesse ne m'ont pas tellement préparé à cette mascarade.

Journaux intimes

Mon ami le romancier Claude Mathieu a légué à la Bibliothèque nationale le manuscrit du journal qu'il a tenu tout au long de sa vie d'adulte. Selon ses dispositions, on ne pourra le consulter que cinquante ans après sa mort, soit en 2035. À trois ou quatre reprises, il m'a dit qu'il s'y livrait sans retenue, ajoutant par taquinerie qu'il ne s'était pas empêché de rapporter des confidences que je lui avais faites, de relever plusieurs de mes travers. En présence d'un ami, certains jours, on est volontiers bavard, on avoue ce qui la veille nous paraissait inavouable. Il y a donc fort à parier que Claude révèle dans ses notes des propos que j'ai tenus en toute liberté devant lui et qui me gêneraient à l'heure d'aujourd'hui. En 2035, je ne serai plus de ce monde. Ce que Claude a pu décider de dévoiler, je ne le saurai jamais. Il m'arrive aussi de me demander s'il ne s'est pas démené en pure perte. Qui aura la curiosité de lire ses indiscrétions ? Je souhaite qu'on l'ait, cette curiosité. Car Claude Mathieu était un véritable écrivain. La liberté dont il jouissait comme diariste, il ne l'a pas eue comme romancier. Professeur dans un collège classique, puis dans un cégep, il devait inventer un monde romanesque qui ne tenait pas compte de son homosexualité. J'imagine aisément le plaisir qu'il a probablement ressenti en relatant certains événements de sa vie.

Je ne lirai jamais ce journal, mais son auteur a été mon ami intime pendant des années. Il m'a légué par testament plusieurs de ses écrits. J'ai réussi à en faire publier deux ou trois, j'ai vu à une réédition de *La Mort exquise,* un recueil merveilleux en tous points. Je peux me faire une idée de la teneur de ses notes. Il ne faisait pas mystère de son contenu, évoquant par exemple Paul Léautaud ou Oscar Wilde. Il a sûrement consigné avec une légère malice certaines de mes naïvetés. Comment oublier aussi que, pendant les périodes de ma vie où j'ai entretenu la liaison que j'ai évoquée, il m'a vertement blâmé ? Son journal doit le relater. Il fait certes mention de cette soirée de 1975 pendant laquelle, sans penser à mal, je lui disais que j'étais heureux de ce que mon fils, ne semblant pas avoir de tendances homosexuelles, ne souffrirait pas des préjugés que doivent affronter ceux qu'on commençait à appeler les gays. Claude l'avait mal pris, réagissant comme si je n'admettais pas les pratiques qui gouvernaient sa vie.

Pourtant, il était un ami très proche depuis une bonne vingtaine d'années. Je n'avais pas réussi à le calmer ce soir-là.

Lecteur de Serge Doubrovsky, je n'ignore pas que les écrits intimes de certains écrivains sont dangereux. Mais ce sont des documents littéraires, ils profitent d'une forme d'impunité. Les lecteurs qui les consultent sont prévenus. La littérature n'est pas toujours un jeu inoffensif. Il y a un risque à courir. Pour l'écrivain et pour le lecteur.

À sa mort, ma mère a légué un journal. Il lui arrivait parfois de m'en parler. Sans insister. Elle disait par exemple que, le consultant, ses enfants sauraient ce qu'avait été sa vie. Dans *Un après-midi de septembre,* livre que je lui ai consacré, j'ai relaté les liens très forts qui nous avaient unis dans mon enfance et mon adolescence. Elle avait longtemps été ma confidente. Partant à la recherche de ces moments de douceur, j'avais tâché de dépeindre une personne d'exception. À mon habitude, je n'hésitais pas à me donner très souvent le mauvais rôle. Il était clair que, vieillissant, je m'étais transformé en fils un peu distant. Mes confidences, ce n'était plus à elle que je les destinais. Je lui rendais visite, mais je minutais la durée de mes présences en sa compagnie. Le jour où elle m'avait révélé que, célibataire de dix-huit ans, enceinte de moi, elle avait tenté par tous les moyens de se faire avorter, j'en avais été bouleversé, réagissant comme si j'avais été, dès mon entrée dans le monde, coupable d'un méfait.

Son journal, je n'en ai pris connaissance que dix-huit ans après son décès. Au moment de l'écriture d'*Un après-midi de septembre,* je ne l'avais pas lu. Ma sœur cadette, qui l'avait trouvé au milieu de l'amoncellement de cartes postales que ma mère avait accumulées au fil des voyages, ne m'en avait pas touché mot. Ce n'est qu'à sa mort, en 2009, que j'ai pu le lire.

Les premières pages m'avaient paru d'un grand intérêt. Elle y évoquait les premières années de son mariage, les difficultés matérielles, racontait non sans talent une vie à laquelle, enfant, j'avais été mêlé. Ma mère n'avait rien d'une écrivaine, mais la lisant, j'étais fasciné. Je croyais entendre sa voix. Peu d'auteurs étaient parvenus à retenir à ce point mon attention.

Je dois dire qu'ouvrant le journal j'étais habité par une certaine crainte. Ma mère avait-elle noté un après-midi pendant lequel j'étais parti de chez elle en claquant la porte ? Qu'avait-elle retenu de ce geste inusité de ma part ? Un jour où elle avait insisté lourdement sur la chance que j'avais d'avoir un travail alors qu'autour on était au chômage ou devait se contenter de jobs précaires, j'avais répliqué que cette chance n'était pas que le fruit du hasard. Ne se souvenait-elle pas de mes longues heures de travail pendant les années de collège et d'université ? Bref, je m'étais emporté. Pour l'unique fois de ma vie, j'avais tenu tête à ma mère. Une semaine plus tard, elle m'écrivait, me suppliant de ne pas l'abandonner. Ce qui n'était nullement mon intention. Je ne tarderais d'ailleurs pas à lui rendre de nouveau visite. Il ne fut plus jamais question entre nous de ce fait, pour moi tout à fait regrettable.

Si je craignais bien un peu de retrouver le rappel de cet événement que je voulais oublier, je ne m'attendais certes pas à ce que ma mère m'y traite en long et en large de goujat. Sur au moins quatre ou cinq pages, elle racontait mon irrespect, ma désinvolture, mon ingratitude. Comment pouvais-je oublier que pour elle tenir un journal était une façon de laisser un témoignage *post mortem* ? Me l'avait-elle assez répété ?

J'avais à peu près soixante-dix-sept ans à l'époque. Le sentiment de culpabilité fait partie de mon être. Tout à fait prêt à déplorer bon nombre des gestes impulsifs que j'ai accumulés tout au long de ma vie, je me demande encore si dans cette situation bien précise je me suis conduit en butor. Il me semblerait plutôt que je n'aie pas su me taire au moment opportun, tout simplement. Il aurait été tellement plus simple d'esquiver ce sujet de divergence. Sottement, j'avais protesté avec une véhémence qui m'avait échappé.

Rien ne me laisse penser que mes enfants craignent de trouver dans les papiers que je laisserais à ma mort le moindre document compromettant. Si on excepte les dispositions testamentaires, ils ne trouveront rien. Je ne m'accorde pas le droit de les chagriner. De toute manière, mon journal, ce sont mes livres. Je suis déjà assez compromis.

Parfois, je me dis que ma mère a réagi sur le coup de l'indignation et que par la suite elle n'a pas cru bon de détruire ces pages qui m'ont troublé. Il n'est pas impossible non plus qu'elle ne m'ait pas pardonné. Dans sa conception du monde, le respect pour les parents avait une valeur sacrée. Je l'avais transgressée. Il est bien possible aussi que ce jour-là je me sois conduit en goujat. J'aime à penser que j'étais plutôt intempestif. Je n'avais qu'à détourner la conversation. Je le faisais parfois lorsque ma mère abordait des sujets qui m'ennuyaient. Mais lui faire sciemment la moindre peine, il n'en était pas question.

Je me dis aussi que si je me suis vraiment comporté un jour en goujat avec elle, il est trop tard pour m'expliquer. Quant à mes enfants, je leur accorde le droit de me juger.

Mes morts

Je me le suis répété de façon récurrente depuis la disparition de Lise, il ne sert à rien de vivre trop longtemps. Fort de cette conviction, je devrais accueillir sans histoires la mort des personnes avec qui j'ai frayé tout au long de ma vie. Il n'en est rien.

Il m'arrive régulièrement, à l'annonce du décès d'un homme politique pourtant exécré ou d'une vedette de cinéma qui m'est inconnue, de me sentir dépossédé. Comme si le destin me privait de témoins indispensables. Les remplaçaient des inconnus qui à l'avance allaient m'indifférer.

La plupart des considérations qu'on entretient sur la mort m'horripilent. Depuis longtemps persuadé qu'il eût mieux valu que je ne naisse pas, je ne pense que fort épisodiquement à mon entrée dans le néant. Je me sentirais inexorablement entraîné vers une fin qui ne saurait tarder.

Depuis cinq ans, je suis arrière-grand-père. Oui. Même moi qui n'ai pas réussi à régler des problèmes apparus dès l'adolescence. La pandémie qui a cours depuis des mois m'empêche de voir comme je le souhaiterais deux petites-filles. Quand je les ai vues il y a quelques mois, en pleine crise sanitaire, il n'était pas question de les câliner. Je devais me contenter de les regarder s'amuser d'un rien, rire, bouger. J'étais l'ancêtre. Je me suis souvenu qu'à la naissance de leur mère, en 1988, j'avais rédigé une chronique pour la radio. Où étaient donc passées toutes ces années ? Je glissais tout doucement vers le royaume des morts. Je l'ai dit, je ne pense que rarement à ma propre disparition. Je ne me questionne plus au sujet des circonstances qui l'accompagneront. Tant mieux si j'ai alors perdu ma conscience. Je n'ai aucune curiosité à ce propos. Souhaiter me voir glisser vers le néant est un luxe que je m'interdis. Quand j'ai la sottise de songer à ce dernier instant, j'en ressens toute l'horreur. Il est plus prudent de revenir au présent, tout fragile qu'il soit.

Le nombre des disparus qui me font cortège s'accroît sans cesse. S'y joignent de façon régulière des personnes qui sont loin d'avoir mon âge. J'ai de plus en plus l'impression d'être un survivant. Petit à petit, je redeviens le taciturne que j'ai longtemps été. Ce que j'aurais à communiquer, je le destinerais à des absents. Impossible de me justifier ou de chercher à apporter une précision. Je me console en me disant que, de toute manière, je n'aurais pas réussi à les convaincre. Nous aurions aisément trouvé des sujets de divergence. S'il n'en est pas tout à fait de même avec des contemporains encore plus jeunes, c'est qu'ils ne portent pas tellement attention à ce que je pourrais penser. Pour eux, je suis déjà un peu mort. Comment leur donner tort ?

Gériatrie

Je pourrais être agacé par les marques de déférence qu'en raison de mon âge on se croit tenu d'avoir à mon endroit. Je l'ai déjà été, mais je parviens depuis deux ou trois ans à m'en moquer. La certitude d'être hors du coup quoi que je fasse facilite les choses. Si traverser une rue peut devenir un problème quand on vit trop longtemps, il n'en va pas autrement de l'évolution des mentalités. Qu'on le souhaite ou non, on ne sort jamais indemne de son époque. Je n'en tire aucune gloire, mais j'ai toujours été rétif à adopter les pratiques à la mode. L'air du temps finissait évidemment par m'atteindre. Il m'arrivait de hurler avec les loups, mais avec un retard appréciable. Pour l'honneur. Me tenir à l'écart me procurait une étonnante volupté.

J'ai parfois l'impression que si on ne conteste plus mes rares prises de position, c'est qu'on n'y attache aucune importance. On me laisse parler. De toute manière, je l'ai dit, je suis plutôt taciturne. Qu'arriverais-je à dire alors que très souvent la vie qui se déroule tout autour m'indiffère ? J'aurais beau tenter de m'intéresser à l'actualité, je n'y arriverais pas. Pour commencer, il me faudrait faire trop d'efforts pour acquérir un vocabulaire idoine. Tout change à une vitesse étourdissante. Des éléments du passé prennent insidieusement la place du présent. Ils ne représentent pas pour moi une sorte de paradis perdu. Ce qu'il me reste de mémoire m'interdirait de succomber à toute tentation d'idéaliser ce qui fut. Il n'est pas rare toutefois que je retourne à des événements de mes jeunes années. Un peu comme si je tentais bien inutilement de les comprendre. Je suis persuadé d'avoir pu croiser au cours de ma vie des personnes dont l'acuité intellectuelle me semblait remarquable. Je ne les enviais pas, mais je leur reconnaissais des qualités que je ne possédais pas. Mon ami Jacques Brault, qui est modeste, fait partie de ce petit nombre d'élus. J'ai toujours aimé admirer. Le sort a voulu que mon gagne-pain me mette en communication avec des êtres qui me fascinaient par leur vivacité d'esprit. Ces temps-ci, je pense souvent à Louis Martin.

À mes débuts à la réalisation d'émissions de radio, Louis Martin était un jeune journaliste dont on reconnaissait déjà le talent exceptionnel. À l'automne de 1966, je lui avais proposé d'évoquer quelques sommités qui avaient marqué leur époque dans des domaines divers de la vie canadienne. Le centenaire de la Confédération canadienne en était l'occasion. Il s'agissait d'évocations critiques, non d'hagiographies déguisées. D'une durée de trente minutes, chaque émission comportait un texte et des extraits d'entretiens. Les collaborateurs, je les avais choisis parmi les meilleurs candidats disponibles. Outre Louis Martin, j'avais pris contact avec Gilles Constantineau, Michel Roy, Gil Courtemanche, Réginald Martel, Jacques Keable. Louis Martin avait accepté de faire revivre, entre autres, les destins de Maurice Duplessis, Lionel Groulx, Henri Bourassa, Wilfrid Laurier, Honoré Mercier, Alphonse Desjardins. Je le répète, l'entreprise relevait de l'Histoire et n'était en rien une glorification politique d'un pays auquel, du reste, je ne croyais pas.

À trente-quatre ans, Louis Martin était déjà un intervieweur hors pair. Il savait provoquer sans blesser inutilement, donner à des universitaires une vivacité insoupçonnée et soutirer à des politiques des aveux étonnants. Il m'est souvent arrivé à l'étape du montage de devoir, pour des raisons de minutage, sacrifier des séquences à mon sens remarquables. J'avais donc gardé de ma collaboration avec Louis Martin un excellent souvenir.

Le milieu des communications au Québec étant fort compact, j'ai croisé Louis Martin régulièrement par la suite. Au *Magazine Maclean* puis à Radio-Canada, d'abord comme journaliste, puis comme directeur de l'information. Vers 1972, j'avais même tenté de l'intéresser à un projet d'émission littéraire dont j'avais l'idée. À mon sens, il aurait très bien pu animer un panel formé de critiques et d'écrivains même si ce domaine n'était pas le sien. Il aurait apporté à l'entreprise que j'avais en tête une tournure inédite. Avait-il vraiment hésité ou se doutait-il qu'on allait lui proposer à la télévision des défis plus exaltants et mieux rétribués ? Je ne l'ai jamais su. Pendant des années, je le croisais dans les couloirs de Radio-Canada. Il était devenu assez rapidement un intervieweur vedette. Avec le temps, il avait rejoint la haute direction de la boîte. Je le déplorais. Pourquoi avait-il bifurqué ainsi ? Je lui avais posé la question un jour. Il m'avait répondu par une esquive. Nos rencontres étaient brèves. Je ne détestais pas qu'il me taquine à l'occasion ou qu'il fasse mention de cette période où, en échange d'un cachet de misère, il fouillait essais historiques et dossiers qui lui serviraient de matériaux pour les évocations radiophoniques dont je viens de parler.

Ayant pris ma retraite de Radio-Canada en 1992, je ne devais rencontrer Louis Martin que fort épisodiquement par la suite. Il m'arrivait d'échanger quelques mots avec lui au bar d'un restaurant où il avait ses habitudes. Puis, quelques années plus tard, j'ai appris la terrible nouvelle. Cet homme d'une intelligence hors du commun éprouvait des ennuis d'ordre cognitif. On racontait certains détails d'une tristesse absolue. Un jour, son ami Jacques Godbout m'a informé qu'on pouvait lui rendre visite au pavillon Alfred-DesRochers de l'Institut de gériatrie, rue Victoria à Montréal.

La générosité n'est pas mon fort. Je ne hante pas les chambres d'hôpital ni les salons funéraires. Pourtant, j'ai vu Louis Martin dans ce refuge. Je peux me tromper, mais il me semble qu'on était en automne. J'avais cru préférable de ne pas annoncer ma visite. Je ne suis vraiment pas sûr qu'il m'ait reconnu. Il était sous médication intense, m'avait-on prévenu. J'avais abordé quelques sujets qui selon moi étaient de nature à l'intéresser. Bien inutilement. Il revenait sans cesse à un texte qu'il venait d'écrire qui ébranlerait l'Église catholique. Il y avait pourtant belle lurette que le Québec était sorti de l'emprise religieuse qui l'avait paralysé. Je ne pouvais que jouer le jeu. Pourquoi risquer de le troubler ? J'avais glissé à deux ou trois reprises le nom de Paul-Marie Lapointe, son collaborateur du temps du *Nouveau Journal* et de *Maclean*, aucune réaction. À peine dans son regard une certaine interrogation. Si j'avais insisté, je l'aurais probablement ébranlé. Au bout d'une heure, j'avais pris congé. Il m'avait remercié, me disant qu'à ma prochaine visite nous pourrions aller à la cafétéria. Du moins, c'est ce que j'ai retenu. Je ne suis pas retourné rue Victoria.

À l'époque, Louis Martin devait être dans les dernières années de la soixantaine. On imagine aisément les souffrances qu'il avait connues avant d'aboutir à cette reddition. Il avait sûrement analysé avec horreur le début de son cheminement. La mécanique cérébrale, il avait dû en percevoir les premiers dérèglements. J'avais connu un esprit acéré, volontiers frondeur, je me trouvais en présence d'un fantoche. Le fil s'était brisé.

Il ne m'en fallait pas plus pour que je retrouve une de mes plus profondes hantises. Comment finirais-je mes jours si je vivais trop longtemps ? À l'heure d'aujourd'hui, j'ai quatre-vingt-sept ans. Je ne souhaite pas mourir à courte échéance, mais je suis persuadé que je côtoie un précipice. Mon avenir ne peut manquer d'être sinistre. Je ne proteste même plus quand on prétend que tant qu'on a la santé la vie est un acquis précieux. M'accrocher au dernier souffle dans un mouroir, entouré d'agonisants en puissance, nourri à la cuillère, le cul puant l'urine séchée, tout cela m'effraie. La pensée de Louis Martin ne me quitte jamais pour bien longtemps. J'évoque sa figure, bien conscient de l'inutilité de ma démarche. Puisque tout est vain, pourquoi m'empêcher de lui rendre hommage ?

Le monde d'hier

Pierre Bergounioux livre dans ses *Carnets, 2011-2015* une confession qui ne cesse de m'interpeller. À l'occasion d'un retour au pays de son enfance, il écrit : « Ces conversations me paraissent surréalistes parce que j'ai fait des livres ma société et presque oublié à quoi ressemblait le monde des vivants. » Ai-je oublié le monde des vivants ? Je ne crois pas. Issu d'un milieu ouvrier, fils de petit fonctionnaire, j'ai été imprégné pour la vie de réactions spontanées qui sont pourtant celles d'une classe sociale qui n'est plus la mienne. J'aurai été depuis la fin de l'adolescence assis entre deux chaises. Bergounioux est un intellectuel, un universitaire. Je ne serais au mieux qu'un écrivain obstiné, arrachant à grand-peine au monde de la connaissance des enseignements qui me serviraient à me débrouiller avec l'absurde de la vie humaine.

Avec quel empressement me suis-je employé vers la fin de mon adolescence à prendre mes distances par rapport à un monde qui me paraissait étranger. L'autre jour, je suis tombé sur une photo de groupe prise vers 1950. On avait voulu fêter ma grand-mère maternelle. Ses enfants, leurs conjoints, les petits-enfants. Il ne manquait que moi. Je devais avoir dix-sept ans. Ma grand-mère, je l'aimais. S'il y a une erreur dans ma vie que je regrette, c'est bien celle-là. Je n'avais qu'un petit geste à faire, je ne l'ai pas fait. Je commençais à m'ensauvager.

En abordant l'univers des livres, je n'ai à aucun moment eu le sentiment de trahir le milieu de mes origines. Ni de le servir. Le monde ouvrier qui m'entourait me devenait peu à peu étranger, je ne le déplorais pas. Par rapport à la petite bourgeoisie que je commençais à fréquenter bien timidement, à la faveur par exemple d'invitations à pénétrer dans les maisons de collègues dont les parents étaient nettement plus à l'aise que les miens, j'étais à peine étonné. Je n'avais pas à me forcer pour trouver matière à nourrir mes appréhensions initiales. Ces bourgeois, bien peu nantis au fond, je le découvrirais plus tard, n'étaient guère plus avancés que mes parents dans le chemin de la connaissance. Peut-être connaissaient-ils quelques noms, quelques expressions qu'ils ne se privaient pas d'utiliser à l'occasion, mais je parvenais à peine à me retenir devant certains étalages de bêtise satisfaite. Évidemment, j'exagérais. Rien de tout cela n'était bien méchant. À peine médiocre.

J'avais la détermination des néophytes. Persuadé avec raison que je partais de très loin, je mettais les bouchées doubles. Ce n'était pas tellement le monde de mes parents que je voulais combattre, mais ma propre ignorance. Je me voyais prendre mes distances et n'en tirais aucune gloriole. Je savais que je serais pour toujours un homme issu d'un milieu ouvrier que la fréquentation des livres semblerait parfois transformer en profondeur, mais qui demeure inchangé pour l'essentiel. Je découvrirais assez tôt que, contrairement à ce que prétend Montesquieu, il y a des douleurs qu'une heure de lecture ne calme pas. Je ne sentais pas assez que mon accession à cet eldorado serait aussi celle de certains abandons.

Je n'ai aucune gêne à avouer que le vieillard que je suis devenu a des réactions qui ressemblent parfois à celles que j'aurais eues à quinze ans. Mon monde d'alors était celui de mon milieu familial. Entouré d'une parentèle omniprésente, mes parents voisinant avec assiduité leurs frères et sœurs, j'ai acquis assez tôt l'impression d'être un étranger. Je faisais tache. Ce qui ne m'a pas empêché de me forger un caractère en phase avec le climat ambiant. J'accueillais des idées qui me paraissaient inédites et ne réfutais pas toujours avec une raisonnable rapidité des inepties qui avaient cours dans le milieu.

Je parvenais donc à faire ma niche dans une sorte de no man's land. Jamais parfaitement convaincu de posséder les clés d'un monde à conquérir, sachant la tâche en partie impossible, je me détachais sans grande difficulté du milieu qui m'avait vu naître. Tous ces efforts pour un résultat dont je sens la précarité. Il n'est pas question de déplorer quoi que ce soit. Il est désormais trop tard pour m'amender de quelque façon.

À peine puis-je regretter de ne pas avoir su par l'écriture rendre compte d'un monde disparu. Autour de moi, des êtres avaient vécu, avaient connu des joies et des douleurs, avaient entretenu des chimères, et je n'avais même pas été tenté de faire revivre, l'espace de quelques pages, leur passage terrestre. Quand je lis les carnets d'André Major, par exemple, je suis étonné de la place que prennent ses parents dans sa relation au monde. Je me dis qu'il doit en ressentir une certaine chaleur, dont je me suis privé.

Quand mon père est décédé à cinquante-cinq ans, je me suis senti libéré. Un peu sottement, j'ai même prétendu ces semaines-là que le jour de sa mort avait été le plus beau de ma vie. Avais-je raison de réagir de la sorte ? Certes non. Tant d'années après, il m'arrive souvent de revoir avec émotion certains de ses gestes, d'entendre certains de ses propos. Il m'aurait suffi de faire les premiers pas, de briser le mur du silence qui nous séparait. Je n'ai pas eu cette générosité, trop occupé à ce que Stendhal a appelé « la poursuite du bonheur ». Je n'aurai été qu'un bien timide prospecteur, croyant même avant d'avoir vécu que le bonheur n'était qu'un leurre. Vers la vingtaine, j'aimais répéter, après Aragon, qu'il n'y a pas d'amour heureux.

Malgré tous mes efforts pour y accéder, ai-je complètement fait ma société du monde des livres ? Les ennuis physiques dont le vieil âge est prodigue me prouvent que non. À ce jour, j'ai été épargné. Je sais toutefois que le danger rôde. La mort n'est pas bien loin. J'ai beau réussir à ne pas y penser avec trop d'acharnement, je ne peux ignorer que le monde des livres qui m'a si longtemps servi de refuge m'abandonnera dans peu. Je rejoindrai dans le dénuement et l'oubli ce qui a été le monde des vivants.

Ce que mérite une vie

Quand j'étais enfant, rien ne me plaisait autant que d'aller chez mes grands-parents du côté maternel. C'était avant tout un univers féminin. Mes tantes travaillaient en usine. Homme de santé fragile, mon grand-père était sacristain et gagnait un salaire dérisoire. J'ai appris plus tard que les filles estimaient entre elles qu'il aurait dû modérer ses désirs. Qu'en pensait ma grand-mère ? Je ne l'ai jamais su. Je me souviens d'une femme prématurément usée, dont je ne savais pas encore qu'à peine sortie de l'enfance elle avait travaillé dans une filature. De toute sa vie, elle n'avait connu que la pauvreté. Façon de parler, évidemment. Comme tout être humain, elle avait dû être amoureuse, peut-être avait-elle souhaité donner la vie, connaître une certaine sérénité. Enfant, je ne me posais aucune de ces questions. Je songe parfois à la chaleur de sa voix. Elle m'appelait amoureusement son « p'tit chien ». Je ne savais pas alors que l'avenir me réservait au fond bien peu de douceurs de ce genre. Ma grand-mère me protégeait. Je me souviens d'une fois où elle avait pris ma défense devant mon père, qui me menaçait d'une punition idiote. Il m'intimait l'ordre de m'agenouiller devant mes oncles et mes tantes pour je ne sais quelle bêtise que j'avais commise. J'avais dû lui tenir tête. Bien sûr, je pleurais. Mon père avait cédé, certainement pas de gaieté de cœur. Je ne pouvais savoir alors que j'avais, moi, le premier de ses petits-enfants, risqué de ne pas naître, ma mère, célibataire, ayant tenté plusieurs fois, et avec raison, d'arrêter sa grossesse. Je ne devais l'apprendre qu'une cinquantaine d'années plus tard. Pour l'heure, j'étais aimé.

J'ai déjà raconté ailleurs que lorsque ma grand-mère me donnait sa liste d'articles à rapporter de l'épicerie, je ne la tendais jamais au commis, car j'avais honte des fautes d'orthographe qu'elle contenait. Je me souviens qu'elle écrivait « pataques », que les carottes perdaient un *t* et qu'il manquait un *e* à la pinte de lait. Je tirais un peu trop de fierté du fait que j'étais premier de classe. À ma façon, peut-être comique, j'étais un petit imbécile.

Mes tantes étaient fort prévenantes. Il n'était pas rare qu'elles me fassent cadeau d'un jouet, un soldat de plomb ou une auto miniature. Les jours de paye, même si elles rapportaient à la maison des salaires plus que modestes, elles étaient étonnamment généreuses. Dans ce milieu, j'étais, à la façon de ce temps, une sorte d'enfant-roi. Il y régnait une atmosphère de liberté qui n'existait pas à la maison.

Puis, je suis devenu adolescent, mes tantes ont pris mari, mon grand-père est décédé. Est-ce que cela explique tout ? Lorsque ma grand-mère l'a suivi dans la mort, je n'étais déjà plus un visiteur assidu dans une maison qui avait tant signifié pour moi. Bergougnioux évoque l'attrait du monde des livres pour expliquer son détachement. Ce serait tricher que d'avancer qu'il en était de même pour moi. Les livres sont venus, mais je m'étais déjà désintéressé d'un univers que j'avais tant chéri, il y avait peu. J'avais en quelque sorte commencé à me retrancher du monde. Celui qui deviendrait un lecteur acharné était alors un jeune ermite. Étais-je malheureux comme je le croyais ? Je ne sais pas.

Tant d'années après, j'estime que j'étais pour le moins un dangereux indifférent. Occupé à trouver un sens à ma présence sur terre, j'oubliais qu'autour de moi des êtres étaient tout autant désemparés. Je ne leur reprochais pas ce que je croyais être ignorance de leur part, mais je l'acceptais comme une sorte de fatalité. Il ne fallait pas me pousser très fort pour que j'estime que leurs soucis domestiques et leurs joies quotidiennes les occupaient tout entiers. Je me croyais autre, en quelque sorte. Ne reculant devant aucun cliché, je devais même prétendre que « le monde de la culture s'ouvrait à moi ». Peu porté sur les divertissements de la vingtaine, je cherchais dans les livres une explication à mon désarroi de vivre. J'ai su très tôt que la solution magique n'existait pas, mais je me suis entêté à la chercher. Cette quête, je la vois à distance comme étonnamment stimulante. Quand à seize ou dix-sept ans je suis entré pour la première fois à la librairie d'occasion Henri Tranquille, rue Sainte-Catherine, en face de l'immeuble actuel du Théâtre du Nouveau Monde, j'ai su que ma vie allait changer. Je ne me trompais pas.

Appels

Je me revois, il y a bien une quinzaine d'années, de retour de voyage, recevant l'appel téléphonique d'un ami que je n'avais pas recroisé depuis la fin de l'adolescence. Une ellipse d'au moins vingt ans. Il me parle d'un cancer terminal qui lui tombe dessus. Je l'écoute, je lui pose quelques questions. Je n'ai pas dû lui paraître très ému. Je ne l'étais tout simplement pas. Il allait me donner des précisions sur les traitements qu'il subissait, mais je l'ai interrompu. Je venais tout juste d'arriver, j'avais à peine eu le temps de déposer ma valise, pouvait-il m'excuser ? Je le rappellerais dans la semaine. Ce que je n'ai pas fait. Il est mort un mois plus tard. Je n'ai jamais cessé de me reprocher mon attitude. Elle était d'autant moins explicable que je gardais de cet ami le plus vif des souvenirs. La vie nous avait séparés, mais nous avions vécu ensemble les expériences de la pré-vingtaine. Combien de confidences n'avions-nous pas échangées. Quand j'avance que la vie nous avait séparés, je devrais préciser que j'ai été la cause de cet éloignement. Je ne trouvais plus rien à dire à celui qui avait été un ami très cher. Était-ce une raison pour le négliger plusieurs années plus tard ? Il méritait une écoute que je lui ai refusée. De ma part, un manque de générosité. Un autre.

Il y a un peu plus de deux ans, le dernier jour de décembre, j'ai entendu au téléphone la voix d'une amie. J'en ai été surpris et ravi. Nous nous connaissions depuis l'automne de 1963. À mes débuts à la radio, elle avait été mon assistante. Par la suite, nos bureaux avaient été contigus. Elle venait souvent causer avec moi. J'aimais sa façon de voir les choses, ses excentricités, sa verve que temporisait un constant recours à l'ironie. Je ne connaissais que des bribes de sa vie sentimentale. Entre nous, rien de cet ordre. Un jour, elle m'avait dit sans insister qu'elle en avait terminé avec les hommes. A-t-elle dérogé par la suite à cette ligne de conduite ? Je n'en sais rien.

Nous avions tous les deux quitté Radio-Canada depuis plus de vingt ans et ne nous étions pas revus. Deux ou trois fois par année, nous échangions cartes de souhaits et courriels. J'ai conservé tous ses messages. Elle écrivait fort joliment, parfois avec humour, souvent sur fond de tristesse. La mort d'un chat pouvait lui inspirer des commentaires plus que touchants. Elle avait comme moi la nostalgie éloquente. Sans qu'il y ait eu entre nous la moindre équivoque, une certaine tendresse s'était installée.

Vivant dans les Hautes-Laurentides, ce qui me semblait un bien étonnant mode de vie, elle était curieuse de la relation que je lui faisais de certains de mes gestes. Ce qui se passe dans une vie est bien peu de chose. Je lui avais dit mon désarroi à la mort de Lise et raconté la place qu'occupaient depuis les voyages dans mon existence. Elle partageait la plupart du temps ma vision du monde. Je me sentais très près d'elle.

D'entendre sa voix au téléphone m'avait étonné. La voix était restée la même. Tout juste y manquait-il le dynamisme de jadis. Nous avions vieilli tous les deux. Le ton était saccadé. Au bout d'à peine une minute, je savais l'objet de son appel. Non, elle ne voulait pas tout bonnement me souhaiter la bonne année. Devait-elle accepter les traitements de chimiothérapie qu'on lui proposait pour le cancer dont on l'avait opérée quelques semaines auparavant ? Elle précisait que, d'après l'oncologue, il y avait de fortes possibilités que le recours aux substances chimiques lui soit bénéfique. Que lui répondre ? Lorsque le cancer était réapparu, Lise avait refusé d'aller très au-delà de la radiothérapie. Je me suis bien gardé de le mentionner à mon amie. Il me semblait plus raisonnable de lui recommander de suivre l'avis qu'on lui proposait. Elle ne me paraissait pas convaincue, puis brièvement s'informa de mes projets de voyage. Retournerais-je finalement à Florence, ainsi que je le lui avais appris dans un courriel de l'année précédente ? Au lieu de lui demander plus de précisions sur son cancer, ce qu'elle souhaitait probablement, j'avais répondu que j'irais plutôt à Annecy.

Deux semaines plus tard, son frère, à qui je parlais pour la première fois, m'annonçait au téléphone le suicide de mon amie. Après des heures d'attente inutiles au service d'urgence d'un hôpital de la région, elle était rentrée chez elle, refusant une invitation à dîner. On devait découvrir son corps deux ou trois jours plus tard. Selon son frère, une mort dont les détails étaient si horribles qu'il ne se sentait pas la force de me les révéler.

Quelque temps auparavant, j'avais reçu une carte de souhaits de mon amie. À sa façon, elle y mêlait calembredaines et propos plus compromettants. En commentaire à une phrase dans laquelle je me plaignais de la fuite inexorable du temps, une manie chez moi, elle m'avait répondu que tout être humain doit un jour ou l'autre décider si vivre en vaut encore la peine.

Je n'ai jamais envisagé de me suicider. Avancer dans la mer, moi qui ne sais pas nager, je ne m'y résoudrais pas. Quelle conclusion en tirer ? Il est possible que je n'en aie pas le courage. Et aussi que je n'ai jamais ressenti un désespoir assez grand. Le néant me fait peur. Je n'irai pas volontairement à sa rencontre. J'ai dû repasser dans ma mémoire une bonne vingtaine de fois les propos que j'ai tenus à mon amie l'après-midi du lundi 31 décembre 2018. J'ai étFé attentif, compatissant, j'ai dû lui dire qu'elle s'en sortirait, insister sur les augures qu'on lui promettait. La communication à peine rompue, je m'en suis voulu de ne pas avoir su trouver des mots plus convaincants. Non pour la détourner de son projet, mais pour lui apporter un peu de douceur. Son entrée dans la mort en aurait peut-être été facilitée.

Si je n'ai à peu près jamais songé au suicide, je comprends d'emblée qu'on puisse y avoir recours. Les moments d'angoisse que j'ai cru connaître, je les aurais donc contrôlés ? Parfois aussi, je me dis que ma détresse que j'ai si souvent évoquée tout au long de ma vie devait être bien légère puisque je pouvais en traiter dans mes livres.

Les années

Dans cette vie qui s'étiole, la tentation me vient parfois de me réfugier dans l'irréel le plus absurde. Je n'aurais pas frayé aussi longtemps avec le romanesque sans en ressentir l'empreinte.

Ces jours-ci, l'image d'Isabelle s'est imposée à moi. Cette femme n'a jamais existé. Ou, plus justement, elle serait une figure féminine que j'ai imaginée à partir de divers souvenirs. Pour moi, un retour à la fiction.

Je ne pensais pas revoir Isabelle. À l'époque où je me croyais doué pour la scène, je lui avais donné la réplique dans une version radiophonique d'une pièce de Goldoni. Tout à fait étrange que je puisse me voir dans la peau d'un comédien en herbe. À vingt ans, j'étais rongé par la timidité. Les comédiennes surtout m'en imposaient. Comment aurais-je pu débiter le moindre texte en devant soutenir le regard intense d'une actrice ? Il me faut donc imaginer un narrateur autre que le jeune homme que j'ai été.

Pendant que je me rendais compte que je faisais fausse route, Isabelle s'était mise à additionner les succès. Au théâtre, puis au cinéma. Nous ne nous étions pas revus. Rien de plus normal. Pour la vedette qu'elle était peu à peu devenue, mon statut de journaliste à la pige n'avait rien de vraiment glorieux. Quand on s'était mis à prétendre qu'Isabelle méritait de connaître une réputation internationale, je m'en réjouissais pour elle. Allez savoir pourquoi, il me semblait qu'elle me sortait en quelque sorte de ma médiocrité.

J'allais oublier de dire que pendant la courte période Goldoni, j'étais presque tombé amoureux d'elle. Rien d'étonnant. Elle était d'une beauté éclatante, vive, spontanée. Et moi, si gauche. Je croyais aimer le théâtre, mais c'était elle que j'aimais. Elle ne m'avait pas rembarré, toujours souriante, accueillant sans se moquer les deux ou trois déclarations que j'avais eu l'audace de lui adresser. L'autre jour, j'ai trouvé dans les pages d'un roman de Simenon l'une d'entre elles. J'avais donc été si touchant ?

La vie s'est chargée de me faire oublier peu à peu cet intervalle. Le nom d'Isabelle Labrie a peut-être encore une signification pour les gens d'un certain âge, mais qui se souvient qu'elle a tenu un rôle de figuration dans un des premiers films d'Alain Delon, qu'elle est apparue dans deux scènes d'un suspense de Clint Eastwood ? Des vieux dans mon genre la revoient peut-être au bras de Marcello Mastroianni à un festival de Cannes vers 1980. Je me souviens d'une photo de *Paris Match* que j'avais découpée, poussé par l'autodérision. Je n'étais qu'un journaliste sans importance, mais j'avais connu Isabelle Labrie, qui cette semaine-là habitait au palace Martinez sur la Croisette.

Je ne pensais jamais la revoir. À vrai dire, je ne le déplorais pas tellement. Même si je n'ai rien d'un séducteur, j'ai toutefois eu quelques liaisons. Certaines m'ont marqué. Mon narrateur est mon double. Pas plus que moi souhaite-t-il passer pour un ermite. Comme moi, toutefois, depuis une dizaine d'années, il vit seul. Je déplore l'absence de Lise, pas lui. Il sait que la solitude n'est pas chose aisée, mais il sait aussi que le simple fait de vivre est compliqué. Il n'a pas collaboré à un magazine ou à un journal depuis trois ou quatre ans. Les radios le boudent. La télévision encore davantage.

Ce que je pourrais penser d'un film, d'une pièce ou d'un livre n'intéresse personne. Mon temps est révolu. Aussi ai-je été étonné de recevoir un appel le mois dernier. Craignant qu'il ne s'agisse que d'une proposition d'un agent immobilier – il y en a tant ces temps-ci –, j'ai été sec. Une voix de femme. Accepterais-je de rencontrer Isabelle Labrie ? Je devais savoir qu'elle était rentrée à Montréal depuis cinq ans. Je l'ignorais. L'inconnue n'avait pas tardé à me dire qu'elle était sa fille, qu'Isabelle souffrait de troubles de mémoire et qu'une courte visite lui ferait grand bien. Mon narrateur est plus généreux que moi, il n'a donc pas hésité.

Comme d'habitude, j'étais vêtu comme l'as de pique. Si j'en étais préoccupé ce jour-là, c'est que je devais me rendre dans un secteur fort huppé de Westmount. La richesse m'a toujours impressionné. Je n'envie pas les possédants, mais je n'ai jamais su me débrouiller avec eux. L'appartement où je devais me rendre était situé au neuvième étage. On y avait une vue imprenable sur la ville. Si je savais tout ça, c'est qu'une pancarte nous en informait. Isabelle allait donc déménager. Comment réagirait-elle ? Je me comportais déjà comme un aide-soignant. J'ai dû sonner à deux reprises avant qu'une femme dans la jeune quarantaine vienne me répondre.

— Excusez-moi, j'étais au téléphone.

J'ai bredouillé un peu, j'ai affirmé que je comprenais la situation. Ce que je n'avais pas à dire. Les femmes le moindrement flegmatiques m'impressionnent toujours. La fille d'Isabelle était plutôt jolie, élancée, le type italien. Son sourire semblait étudié, sa tenue, de la plus stricte correction. Pas de doute, j'avais l'air d'un plouc. Elle m'apprend qu'elle doit donner une conférence dans l'heure. Sur quel sujet ? C'est plus fort que moi, un réflexe de journaliste. Elle m'explique qu'elle est chirurgienne et qu'elle pratique dans le secteur privé. Tout juste a-t-elle le temps de me dire que sa mère a très hâte de me voir. Elle ajoute qu'Isabelle n'a pas été tellement agitée ces derniers jours. Je veux en savoir un peu plus. Isabelle souffre-t-elle d'alzheimer ou de parkinson, de quoi pouvais-je lui parler ? Sans me répondre, mon hôte m'invitait déjà à la suivre. Est-ce que je souhaitais me désaltérer ? Elle avait demandé à Louise, l'infirmière en service, de s'en occuper.

Isabelle reposait dans un fauteuil inclinable. Elle avait sursauté quand sa fille lui avait annoncé ma présence. Je me demandais ce qu'il convenait que je dise. J'ai prononcé deux ou trois mots. Elle m'a regardé fixement pendant un moment qui m'a paru une éternité, puis a murmuré :

— C'est gentil, Albert, de me rendre visite.

J'ai tenté de lui dire qu'il y avait erreur sur la personne. Elle a insisté pour dire que moi, Albert, j'étais le comédien qu'elle avait toujours admiré. Il m'a bien fallu une dizaine de minutes pour me rendre compte sans possibilité de méprise qu'elle se croyait en présence d'Albert Millaire. Je n'ai pourtant rien de sa prestance, ma diction est molle, j'ai un filet de voix, on me l'a assez reproché au conservatoire. Je n'allais tout de même pas lui répliquer qu'Albert Millaire était décédé depuis un an ou deux.

— Je t'ai vu à Stratford, tu étais sensationnel. Le meilleur comédien de ta génération. Shakespeare, un mystère pour moi. Il me fait peur. On m'a déjà proposé de jouer Desdémone dans un théâtre de boulevard. Le Théâtre Antoine, je pense. Mais j'ai refusé. J'ai toujours préféré le cinéma. Pas toi, je le sais.

Je crois avoir ajouté que tout dépendait du metteur en scène ou du réalisateur. Je commençais à me prendre pour Albert Millaire. Elle m'a souri, puis n'a pas prononcé un mot pendant une bonne dizaine de minutes. Elle a paru s'assoupir. Je pouvais donc la regarder aussi longtemps que je le souhaitais. Elle ne m'avait pas reconnu, mais en revanche je ne retrouvais aucun des traits de ce visage qui m'avait tant ému jadis. Où donc étaient passés cette fossette, cet éclair qui illuminait ses yeux ? Elle s'est mise à tousser, m'a dit qu'elle avait sommeil et que je devais l'excuser. La prochaine fois, elle serait plus causante.

Le soir même, sa fille m'envoyait un courriel dans lequel elle me remerciait de ce qu'elle appelait ma compréhension. Est-ce que j'accepterais de revoir sa mère ? Ma présence lui serait bénéfique. Elle s'étonnait qu'elle m'ait pris pour Albert Millaire. Mais au fond, rien ne l'étonnait plus d'Isabelle. Elle a ajouté qu'elle entrait parfois dans de folles colères. Dans ces moments-là, elle en avait contre un critique du *Monde* depuis longtemps enterré au cimetière du Père-Lachaise.

    Albert Millaire venait du même quartier ouvrier de Montréal que moi. Il était donc normal que j'attribue à mon narrateur des origines communes. À la radio, j'ai quelques fois fait appel à lui, je l'ai recommandé pour un rôle au cinéma. Je m'explique mal cependant pourquoi je l'inclus dans une nouvelle dont la douceur doit être le ton. Albert Millaire avait une voix de stentor, je me souviens qu'il avait été sensationnel dans une incarnation de Raspoutine imaginée par Carl Dubuc. Un autre de mes souvenirs de radio. Mais dans la nouvelle que j'ai en tête, il ne trouverait pas sa place. Vraiment pas.

    Déjà trois mois que je vois Isabelle toutes les semaines. Le mercredi, en fin d'après-midi. Il lui arrive de prononcer mon nom, mais comme s'il s'agissait d'un inconnu. La personne à qui elle s'adresse, c'est Albert Millaire. Remarquez, passer pour lui ne me gêne pas. Il a réussi ce que j'ai raté. Isabelle, c'est autre chose. Hier, tenez, il m'a semblé que son sourire avait un peu de la chaleur qu'il avait à l'époque.

    La semaine dernière, elle a déjoué la surveillance de Louise. Elle s'est retrouvée au centre-ville, sans le sou, ne sachant pas où elle était. S'était-elle aperçue que, l'appartement ayant été vendu, elle devrait s'habituer à un nouvel entourage ? Avait-elle deviné que sa fille entendait lui trouver une place dans une maison de retraite pour personnes en perte d'autonomie ? Je ne le saurai jamais. Ces jours-ci, Isabelle parle très peu. Je me contente d'être présent. Albert Millaire comprenait sûrement que le silence a parfois une certaine douceur.

La plaie secrète

> *L'écrivain qui n'a pas une plaie secrète toujours béante n'en est pas un.*
>
> Elias Canetti, *Notes de Hampstead*

Les écrivains qui parlent de leur rapport à l'écriture avec l'aisance qu'ils auraient pour évoquer leurs dernières vacances à la plage m'agacent toujours. Ainsi donc, écrire serait si peu contraignant. Ceux qui se réclament de Flaubert et pour qui la création littéraire serait une ascèse m'énervent tout autant. S'ils envisagent leur activité sous le seul angle du divertissement, passe encore. Écrire un roman policier de qualité suppose une originalité dans la fabrication d'une structure narrative et la mise au point d'une technique. J'ai plutôt en tête un auteur qui avouerait naïvement être mû par un irrépressible besoin d'écrire. Cette démangeaison lui tiendrait lieu de raison d'être. Le public lecteur raffole des affirmations de ce genre. Il obtient aisément un certificat de bonne conduite, il occupe donc ses loisirs avec profit. Son activité, qui peut être perçue par des non-liseurs comme un simple passe-temps, devient nettement intellectuelle.

Pourtant, l'auteur qui fait de son mieux pour séduire un auditoire de salon du livre ou de cercle de lecture n'a rien avoué s'il ne va pas au-delà de cette affirmation. Si, pour lui, l'écriture est une activité non contraignante, il y a fort à parier que ce qu'il exprime dans ses livres n'a rien d'essentiel. Il est de moins en moins vrai que ce qui se conçoit bien s'énonce clairement. L'écrivain véritable ne sait pas toujours où l'amèneront les mots. Curieux architecte, il échafaude des structures dont il n'est pas toujours évident qu'elles supporteront l'ensemble.

Pour ma part, je n'aurai ressenti tout au long de ma vie d'écriture qu'une seule exigence : celle de décrire mon inconfort de vivre. Je me suis rendu compte assez tôt de mes limites. Je n'arriverais jamais à la grandeur que j'admirais chez Kafka ou chez Tchekhov, je n'aurais jamais l'allégresse de Vialatte ou de Diderot, mais je m'obstinerais tant bien que mal à cultiver mon petit lopin de terre. Toujours étonné qu'on délaisse pour quelques heures son emploi du temps pour prendre connaissance de mes propositions littéraires, j'y ai employé ma vie. Mon mal de vivre était supportable puisque j'ai réussi à me pencher sur lui pendant tout ce temps. En sachant depuis longtemps qu'il n'y avait pas de remède à mon inconfort. Pour exprimer ma désolation, je n'ai rien trouvé de mieux que l'écriture. Celle dont j'étais capable, à ras de terre souvent, murmurée, avare de mots, confidentielle.

Pour moi, écrire n'a jamais été un métier.

Mais alors, comment expliquer mon obstination à publier ? Ce n'est certes pas l'appât du gain qui justifie mon activité. Ni non plus la recherche d'une aléatoire renommée. Je ne suis pas loin de penser que je tente par cette activité soutenue à me prouver que j'existe. Rien de plus. Jacques Brault peut écrire dans ses cahiers des bouts de phrases, des notes, des extraits de lecture dont il se servira peut-être pour un livre qu'il publiera dans deux ou trois ans. Pas moi. La certitude que j'ai d'être au mieux un artisan entêté me pousse plutôt à m'agiter. Quand je m'assois à ma table de travail, c'est pour y écrire un livre. Un peu comme si je croyais qu'un lecteur quelque part m'attend. Ce qui est plutôt présomptueux, j'en ai bien peur.

Quant à la plaie secrète qu'évoque Elias Canetti, il n'est pas sûr qu'on en trouve trace dans mes livres. Mon inconfort aura été en quelque sorte supportable. J'étais atteint, mais mon mal de vivre était à demi maîtrisé. En avais-je inconsciemment exagéré l'importance ? Je me console à la pensée que cette lubie, l'écriture, aura été une occupation qui en vaut une autre.

Hommage funèbre

Je crains fort d'ennuyer les gens quand j'évoque ma mort. Ce qui ne m'empêche pas de le faire de temps en temps. Qu'on en soit embêté, je le conçois aisément. Pourquoi alors m'obstiner ? La chose est d'autant plus étrange que, dans la solitude de mon appartement, ayant tout loisir de songer à ce moment qui ne sera suivi d'aucun autre, je ne le fais que rarement. Souvent, des broutilles me viennent en tête. Je me demande par exemple ce qu'il adviendra à ma mort d'une figurine que j'ai rapportée de Jérusalem en 1978 ou de la plupart des livres qui constituent encore ma bibliothèque. La figurine en question n'a aucune valeur. Et, dites-moi, qui s'intéresse encore à Valery Larbaud et à Jean Rhys ? Plus personne, j'en ai bien peur. Vu de cet angle, mourir peut être une sorte de libération, si on y pense bien. Il n'en va pas de même pour les objets qui nous ont accompagnés. On ne se demande plus s'ils ont une âme. C'est trop vieillot. On peut toutefois les regarder avec une étrange tendresse.

Que voulez-vous répondre au pauvre bougre qui ne m'a causé aucun tort et qui, par délicatesse, s'informe de ma santé ? Utilisant une esquive familière, je tiens habituellement des propos qui à coup sûr le mettront mal à l'aise. Il s'en sortira la plupart du temps en disant platement que tant qu'on a la santé il y a de l'espoir. En pareil cas, il n'est pas impossible que je cite une boutade de Woody Allen, d'Alphonse Allais ou de Pierre Desproges. Les bons jours, j'ajouterai très probablement un mot ou deux sur « le bel aujourd'hui » de Mallarmé ou sur Cioran.

À vrai dire, si je suis si léger quand j'aborde le sujet du vieillissement et de la mort, c'est que je suis tout étonné de me trouver dans cet état de décrépitude. Je ne comprends pas les vieux qui prétendent voir dans leur grand âge une sorte d'accomplissement. Pas une raison de plus pour chercher à émouvoir. Quand l'envie d'uriner m'oblige à me lever deux ou trois fois, la nuit, il me semble plutôt que je suis un tout petit peu ridicule. Comment voulez-vous que je me prenne tout à fait au sérieux ? D'accord, je ne me suis jamais tenu pour un adonis, mais est-ce bien moi, ce vieillard qui peine à franchir en pantoufles la dizaine de mètres qui le sépare de la salle de bains, où il s'inquiétera probablement de l'état de sa prostate et craindra de perdre l'équilibre ?

Cette situation gênante, je la considère assez

souvent comme comique. Pour le moins un rappel au bon sens. J'ai l'habitude de publier des livres. On en signale plutôt modérément la parution. S'il m'est autrefois arrivé de le déplorer, je me suis depuis longtemps fait une raison. Exister un jour ou une semaine, un destin qui a quand même son attrait. Il appert cependant que cet écrivain raisonnablement doué a de la difficulté à dormir sans interruption depuis deux ou trois ans. Quand il avait six ou sept mois, on disait qu'il ne faisait pas ses nuits. Je me sens un peu revenir à un état proche de l'enfance. Sans en ressentir la moindre humiliation.

Je m'habituerais en quelque sorte à mon vieillissement. À petits pas. L'une des caractéristiques de ce changement : le besoin que je ressens de plus en plus de dire merci. Comme si je craignais de partir sans avoir eu une ultime délicatesse.

Ce sentiment m'a poussé l'autre jour à envoyer un mot à Jean-François Nadeau, qui assurait il y a quelques années la direction des pages culturelles du *Devoir,* journal dans lequel j'ai écrit à plusieurs reprises pendant une cinquantaine d'années. Je garde un bon souvenir de ces contributions. En particulier, celles de la période Nadeau. Il me supportait malgré mes engouements très peu dans l'air du temps. Porté sur Stendhal plutôt que sur Éric-Emmanuel Schmitt ou Jean d'Ormesson, imperméable aux modes, je devais bien indisposer quelques abonnés, mais j'avais le champ libre. Quelque temps après la mort de ma femme, j'avais signalé à Jean-François mon désir de reprendre une collaboration à laquelle j'avais moi-même mis fin deux ou trois ans auparavant. Il n'avait pas hésité à satisfaire à ma demande. Je voulais donc dire merci pendant qu'il en était encore temps à celui qui m'avait permis cette liberté. Mon courriel ne s'explique pas autrement. Croyant faire le drôle, je lui disais en aparté que je comptais sur lui pour rédiger, le temps venu, mon éloge funèbre. Malheureuse initiative. Il m'a pris au sérieux. Jean-François doit cultiver l'amitié d'octogénaires puisqu'il m'a répondu qu'il ne pouvait donner suite à ma requête, assailli qu'il était par les nombreuses demandes en ce sens qu'il recevait.

Je connais Jean-François depuis à peu près vingt ans. Étudiant en sciences politiques à l'Université de Montréal, il m'avait demandé de faire partie du jury d'un concours littéraire organisé par la revue *Le Quartier latin*. J'avais par la suite publié quelques billets dans *Le Couac*, journal satirique qu'il avait fondé avec Pierre de Bellefeuille et dont la ligne éditoriale nettement à gauche me convenait. La chronique qu'il avait rédigée à la suite de la parution du récit de mon ami Jacques Godbout, *De l'avantage d'être né*, m'avait paru inutilement agressive, mais j'avais jugé que je pouvais passer outre.

L'ai-je convaincu quand je lui ai répliqué tout de go que je blaguais ? Les éloges funèbres, je m'en bats l'œil tout à fait. À mon départ pour le néant, on publiera peut-être une courte notice de décès dans *La Presse+*. Mes enfants verront probablement à ce qu'on y lise que j'ai écrit des livres et que j'ai œuvré à la défunte radio culturelle de Radio-Canada pendant de nombreuses années. On demandera peut-être de ne pas envoyer de fleurs et on signalera qu'il n'y aura aucune cérémonie. Ce sera tout. Et c'est tant mieux. Je n'aurai pas droit aux mensonges pieux qu'un premier ministre ou une sommité du monde culturel se croit tenu d'ânonner. Je ne suis pas assez connu, pas assez sur le dessus du panier. Je souhaiterais même que les amis qui me survivraient observent le silence dans les circonstances. Et puis, quelle importance ? Ne m'étant pas tellement occupé de mon vivant de chercher à devenir un auteur célébré, je ne m'en ferai quand même pas pour un adieu dont je ne pourrai pas prendre connaissance. Quitter le monde aussi discrètement que j'y suis entré, mon souhait.

Espérer

> *À un certain âge, espérer demande un trop gros effort.*
>
> Dino Buzzati, *Le Désert des Tartares*

Dans *Si c'est un homme,* de loin son livre le plus marquant, Primo Levi rappelle qu'il n'existe pas plus de malheur absolu que de bonheur parfait. À la fin de ma vie, je m'efforce de penser aux moments heureux de mon existence. Ils doivent dépasser en nombre les déceptions, qui, plus jeune, m'accablaient. Il n'aura fallu que quelques récompenses du sort pour que je me rende compte qu'il était vain de m'attarder aux déconvenues éventuelles. Vers la mi-trentaine, je suis devenu un vibrion en quelque sorte. Je m'oubliais dans le travail comme d'autres dans l'alcool ou le mysticisme. Je savais que cette fébrilité n'était qu'un leurre, mais elle m'apportait des occasions d'espérer. Que ces satisfactions soient de courte durée ou encore se révèlent rapidement fallacieuses m'importait peu puisque sans tellement tarder j'adoptais d'autres lubies.

J'avais la chance d'évoluer dans un champ plutôt sûr. J'écrivais des livres, je sévissais à la radio culturelle. Aurais-je déployé la même énergie dans le domaine politique, j'aurais été rapidement mis à la raison tellement était grande ma fragilité.

L'espérance qui était à ma portée était à courte vue. Comment pouvais-je avoir un plus vaste horizon alors que j'avais la conviction que ma vie se déroulait dans l'absurde le plus absolu. De vivre ainsi ne me contraignait en rien. La lecture d'un livre me projetait parfois au septième ciel, le cinéma à l'occasion me bouleversait, le jazz m'alimentait. Je savais bien que ces solutions ne duraient qu'un temps. Je n'avais qu'à penser à la mort qui viendrait.

On ne peut espérer que si on a le temps devant soi. Quand notre organisme nous indique de façon répétée que l'échéance approche, il convient d'être prudent à ce chapitre. Je suis devenu un lecteur de plus en plus régulier des notices nécrologiques, j'additionne les morts d'êtres que j'ai connus. Quand je lis qu'un pont sera reconstruit dans dix ans ou qu'on fêtera alors le centenaire de la naissance de Michel Serres, je me sens tout drôle. Comment ne pas me revoir sur un plateau de télévision vers 1970. Nous étions tous les deux invités, lui le philosophe reconnu, et moi, le jeune romancier. Lui en verve, chaleureux, et moi, hésitant, impressionné. On envisage son centenaire et je suis à me soucier des battements peut-être irréguliers de mon cœur.

Comment espérer sinon en ayant à l'esprit ceux qui me survivront ? Je n'ai pas encore réussi à imaginer le destin de mes petits-enfants sans un profond sentiment d'inquiétude. Ils ont atterri dans un monde des plus étranges. On me répond qu'ils n'ont pas le choix, qu'ils devront se débrouiller, qu'ils y parviendront puisque c'est le sort de tous les humains. Puissent-ils conserver le plus longtemps possible la faculté d'espérer. J'en parle à mon aise puisque j'en suis aux préparatifs de départ. Qu'ils sachent au moins que je suis un voyageur inquiet. Certains jours, j'ai la certitude que je leur laisse en partage un avenir plutôt inquiétant. Cette constatation est parfaitement inutile. Le mal est fait, en quelque sorte. Elias Canetti rappelle judicieusement qu'il ne faut pas confondre appétit de vivre et approbation de la vie.

Sortir de la vie

Nous a-t-on assez bassiné avec cette évidence. L'homme est un visiteur sur la terre. Les religions ne pouvaient espérer meilleur tremplin. Un visiteur qui la plupart du temps terminera son voyage en bien mauvais état, ayant écarté ses bagages et ne se souvenant plus très bien d'où il vient ni où il va. Il est probable qu'il n'ait qu'une vague idée de l'endroit où il se trouve.

Plus jeune, je croyais dur comme fer que Stendhal avait eu une mort convenable. Je n'ai pas évoqué une « belle » mort. Il n'y a pas de belle mort. Frappé d'apoplexie en pleine rue ou terrassé par un afflux sanguin en faisant l'amour, un moindre mal, mais il y a d'autres éventualités. Depuis des mois, j'essaie de me préparer à la chute finale. Doucement. Au début, il n'est pas aisé de se défaire des objets qui vous ont accompagné la vie durant. Puis, on se rend compte qu'à les contempler on ne ressent plus la même sécurité. On s'était fait accompagner d'armures, en quelque sorte. Normal, on allait à la guerre. Le temps de l'armistice est venu. On se retrouve entouré d'objets dont l'utilité est de plus en plus contestable. Les livres qu'on estimait essentiels, on ne les ouvre plus qu'à la dérobée.

Je l'avoue tout net, je m'applique depuis des mois à préparer ma sortie. J'éprouve même un certain soulagement à mettre de l'ordre dans mes dossiers. La tâche n'a rien de surhumain. Je détruis tout. En l'affaire, je me suis comporté comme si j'avais été agent secret. Stendhal, encore lui, utilisait dans ses lettres des codes, qui au reste n'abusaient personne. Depuis quelques années, je ne m'encombre plus de dossiers. Le courrier électronique a remplacé l'autre. Un courriel est plus vite oublié qu'une lettre. J'aime cette apparente légèreté. Il est de même pour les livres que j'ai la faiblesse d'écrire. Je viens à peine d'en terminer avec les épreuves finales que je songe au suivant. Je n'agissais pas tout à fait ainsi à la parution de mes premiers livres. J'ai mis un certain temps à me rendre compte que mes archives personnelles étaient à mon sens inutiles.

J'ai été un fieffé nostalgique. Depuis quelque temps, il semble que je sois plus léger. Je me suis converti au présent, en quelque sorte. Comme si j'entrais au théâtre à la fin du troisième acte. Les acteurs vont venir saluer. On applaudit. Je me dis que je n'aurais pas dû m'attarder au restaurant, que la poire Williams était superflue. Mon imprudence est d'autant plus impardonnable que cette représentation est la dernière.

J'écris ce petit livre à un moment bien étrange de l'Histoire. Tout est suspendu. C'est la dynastie du coronavirus qui domine. Pour l'heure, je m'en tire bien. Mes enfants s'inquiètent de mon sort puisqu'il est entendu que, compte tenu de mon âge, je suis à risque. Je porte un masque comme à peu près tout le monde. Je ne songerais pas à contester les directives sanitaires. Je souffre bien un peu de vivre en semi-confinement. Mes amis, je ne les vois qu'à distance. Du moins ceux qui se risquent à ce simulacre de vie sociale. La chose serait plus supportable si les restaurants étaient ouverts. Je fais contre mauvaise fortune bon cœur. J'accepte moins aisément de ne pas pouvoir quitter le Québec. J'avais pour habitude d'aller à Paris deux ou trois fois par année. En solitaire. Je n'y ai plus d'amis. Durant mes séjours, je ne quittais à peu près pas la rive gauche. Mon coin, la rue Delambre, à proximité du cimetière du Montparnasse. Le dimanche matin, le temps le permettant, je me rendais à la pierre tombale de Cioran. Pour m'y recueillir, diraient les gens respectueux. Ce n'était pas mon but. Je voulais plutôt rendre un hommage inutile à un écrivain qui me fascine. A-t-il choisi ce destin final ? Je n'en serais pas étonné. Si c'est le cas, je souhaite que ce soit par un ultime souci de dérision. Attendre six pieds sous terre que la civilisation finisse d'agoniser, au milieu de centaines de mausolées plus prétentieux les uns que les autres, une pensée dont l'horreur devait lui plaire. Bien sûr, je n'en sais rien, moi qui accepterais volontiers que mes cendres aboutissent dans un sac kraft enfoui à la sauvette dans un bac à ordures même pas compostables.

Table des matières

Traverser la rue   11

Vieilles photos   19

Notre maison   25

Conversations   37

Mort à Venise   41

Destinée   45

Journaux intimes   49

Mes morts   55

Gériatrie   59

Le monde d'hier   65

Ce que mérite une vie   71

Appels   75

Les années   81

La plaie secrète	89
Hommage funèbre	93
Espérer	99
Sortir de la vie	103

CRÉDITS ET REMERCIEMENTS

Les Éditions du Boréal remercient le Conseil des arts du Canada ainsi que le gouvernement du Canada pour leur soutien financier.
Canada

Les Éditions du Boréal sont inscrites au Programme d'aide aux entreprises du livre et de l'édition spécialisée de la SODEC et bénéficient du Programme de crédit d'impôt pour l'édition de livres du gouvernement du Québec.
Québec

Illustration de la couverture : Robert Savoie, *Amakuni*.

EXTRAIT DU CATALOGUE

Abu Bakr al Rabeeah et Winnie Yeung
   Ces bombes qui fleurissent la nuit
Gil Adamson
   À l'aide, Jacques Cousteau
   Le Fils de la veuve
   La Veuve
Emmanuel Aquin
   Désincarnations
   Icare
   Incarnations
   Réincarnations
Denys Arcand
   L'Âge des ténèbres
   Le Déclin de l'Empire américain
   Les gens adorent les guerres
   Les Invasions barbares
   Jésus de Montréal
Gilles Archambault
   À peine un petit air de jazz
   À voix basse
   Les Choses d'un jour
   Combien de temps encore?
   Comme une panthère noire
   Courir à sa perte
   De l'autre côté du pont
   De si douces dérives
   Doux dément
   Enfances lointaines
   En toute reconnaissance
   La Fleur aux dents
   La Fuite immobile
   Il se fait tard
   Lorsque le cœur est sombre
   Les Maladresses du cœur
   Nous étions jeunes encore
   L'Obsédante Obèse et autres agressions
   L'Ombre légère
   Parlons de moi
   Les Pins parasols
   Qui de nous deux?
   Les Rives prochaines
   Stupeurs et autres écrits
   Le Tendre Matin
   Tu écouteras ta mémoire
   Tu ne me dis jamais que je suis belle
   Un après-midi de septembre
   Un homme plein d'enfance
   Un promeneur en novembre
   La Vie à trois
   Le Voyageur distrait
Margaret Atwood
   Cibles mouvantes
   L'Odyssée de Pénélope
Edem Awumey
   Explication de la nuit
   Mina parmi les ombres
   Les Pieds sales
   Rose déluge
Gary Barwin
   Le Yiddish à l'usage des pirates
Carl Bergeron
   Voir le monde avec un chapeau
Nadine Bismuth
   Êtes-vous mariée à un psychopathe?
   Les gens fidèles ne font pas
      les nouvelles
   Scrapbook
   Un lien familial
Neil Bissoondath
   À l'aube de lendemains précaires
   Arracher les montagnes
   Cartes postales de l'enfer
   La Clameur des ténèbres
   Tous ces mondes en elle
   Un baume pour le cœur
Marie-Claire Blais
   Augustino et le chœur
      de la destruction
   Aux Jardins des Acacias
   Dans la foudre et la lumière
   Des chants pour Angel
   Le Festin au crépuscule
   Le Jeune Homme sans avenir
   Mai au bal des prédateurs
   Naissance de Rebecca à l'ère des tourments
   Noces à midi au-dessus de l'abîme
   Petites Cendres ou la capture
   Soifs
   Une réunion près de la mer
   Une saison dans la vie d'Emmanuel
Virginie Blanchette-Doucet
   117 Nord

Gérard Bouchard
    Mistouk
    Pikauba
    Uashat
Geneviève Boudreau
    La Vie au-dehors
Claudine Bourbonnais
    Métis Beach
Guillaume Bourque
    Jérôme Borromée
Jacques Brault
    Agonie
Pierre Breton
    Sous le radar
    Le zouave qui aimait les vélocipèdes
Colette Brossoit
    Ne regrette pas ce qui se dérobe
Chrystine Brouillet
    Rouge secret
    Zone grise
Melissa Bull
    Éclipse électrique
Natalee Caple
    Il était une fois Calamity Jane
André Carpentier
    Dylanne et moi
    Extraits de cafés
    Gésu Retard
    Mendiant de l'infini
    Moments de parcs
    Ruelles, jours ouvrables
Nicolas Charette
    Chambres noires
    Jour de chance
Jean-François Chassay
    L'Angle mort
    Laisse
    Sous pression
    Les Taches solaires
Virginie Chaloux-Gendron
    Fais de beaux rêves
Ying Chen
    Blessures
    Le Champ dans la mer
    Espèces
    Immobile
    Le Mangeur
    Querelle d'un squelette avec son double
    La rive est loin
    Un enfant à ma porte

Émilie Choquet
    Un espace entre les mains
Ook Chung
    Contes butô
    L'Expérience interdite
    La Trilogie coréenne
Paige Cooper
    Zolitude
Gil Courtemanche
    Je ne veux pas mourir seul
    Le Monde, le lézard et moi
    Un dimanche à la piscine
      à Kigali
    Une belle mort
Michael Crummey
    Du ventre de la baleine
France Daigle
    Petites difficultés d'existence
    Pour sûr
    Un fin passage
Francine D'Amour
    Écrire comme un chat
    Pour de vrai, pour de faux
    Presque rien
    Le Retour d'Afrique
Michael Delisle
    Le Feu de mon père
    Le Palais de la fatigue
    Rien dans le ciel
    Tiroir n° 24
Louise Desjardins
    Cœurs braisés
    La Fille de la famille
    Le Fils du Che
    L'Idole
    Rapide-Danseur
    So long
Cherie Dimaline
    Rougarou
Fred Dompierre
    Presque 39 ans, bientôt 100
David Dorais et Marie-Ève Mathieu
    Plus loin
Christiane Duchesne
    L'Homme des silences
    L'Île au piano
    Mensonges
    Mourir par curiosité
Rima Elkouri
    Manam

Danny Émond
    Le Repaire des solitudes
Gloria Escomel
    Les Eaux de la mémoire
    Pièges
Michel Faber
    La Rose pourpre et le Lys
Stéphanie Filion
    Grand fauchage intérieur
Richard Ford
    Canada
Jonathan Franzen
    Les Corrections
    Freedom
    Purity
Katia Gagnon
    Histoires d'ogres
    Rang de la Croix
    La Réparation
Madeleine Gagnon
    Depuis toujours
Robert Gagnon
    La Mère morte
Lise Gauvin
    Fugitives
Susan Glickman
    Les Aventures étranges
        et surprenantes d'Esther Brandeau,
    moussaillon
Douglas Glover
    Le Pas de l'ourse
    Seize sortes de désir
Catherine Eve Groleau
    Johnny
Agnès Gruda
    Mourir, mais pas trop
    Onze petites trahisons
Joanna Gruda
    L'enfant qui savait parler la langue
        des chiens
Ghayas Hachem
    Play Boys
Brigitte Haentjens
    Un jour je te dirai tout
Louis Hamelin
    Autour d'Éva
    La Constellation du Lynx
    Les Crépuscules de la Yellowstone
    Le Joueur de flûte
    Sauvages

    Le Soleil des gouffres
    Le Voyage en pot
Bruno Hébert
    Alice court avec René
    C'est pas moi, je le jure!
David Homel
    Orages électriques
Michael Ignatieff
    L'Album russe
    Terre de nos aïeux
Suzanne Jacob
    Amour, que veux-tu faire?
    Les Aventures de Pomme Douly
    Fugueuses
    Histoires de s'entendre
    Parlez-moi d'amour
    Un dé en bois de chêne
    Wells
Renaud Jean
    Grande forme
    Rénovation
    Retraite
Emmanuel Kattan
    Le Portrait de la reine
    Les Lignes de désir
    Nous seuls
Jack Kerouac
    La vie est d'hommage
Thomas King
    Une brève histoire des Indiens
        au Canada
Nicole Krauss
    La Grande Maison
Bïa Krieger
    Les Révolutions de Marina
Marie-Sissi Labrèche
    Amour et autres violences
    Borderline
    La Brèche
    La Lune dans un HLM
Dany Laferrière
    Autoportrait de Paris avec chat
    L'Art presque perdu
        de ne rien faire
    Chronique de la dérive douce
    L'Énigme du retour
    Je suis un écrivain japonais
    L'exil vaut le voyage
    Petit traité sur le racisme
    Pays sans chapeau

Vers d'autres rives
Vers le sud
Robert Lalonde
   À l'état sauvage
   C'est le cœur qui meurt en dernier
   Des nouvelles d'amis très chers
   Espèces en voie de disparition
   Fais ta guerre, fais ta joie
   Le Fou du père
   Iotékha'
   La Liberté des savanes
   Le Monde sur le flanc de la truite
   Monsieur Bovary ou mourir au théâtre
   Où vont les sizerins flammés en été?
   Le Petit Voleur
   Que vais-je devenir jusqu'à
      ce que je meure?
   La Reconstruction du paradis
   Le Seul Instant
   Un cœur rouge dans la glace
   Un jardin entouré de murailles
   Un jour le vieux hangar sera emporté
      par la débâcle
   Un poignard dans un mouchoir de soie
   Le Vacarmeur
Nicolas Langelier
   Réussir son hypermodernité et sauver
      le reste de sa vie en 25 étapes faciles
Monique LaRue
   Copies conformes
   De fil en aiguille
   La Démarche du crabe
   La Gloire de Cassiodore
   L'Œil de Marquise
Dominique Lebel
   L'Entre-deux-mondes
Rachel Leclerc
   Noces de sable
   La Patience des fantômes
   Le Chien d'ombre
   Ruelle Océan
   Visions volées
Jean-François Létourneau
   Le Territoire sauvage de l'âme
Robert Lévesque
   Récits bariolés
Tracey Lindberg
   Birdie
Alistair MacLeod
   La Perte et le Fracas

André Major
   À quoi ça rime?
   L'Esprit vagabond
   Histoires de déserteurs
   La Vie provisoire
Tristan Malavoy
   Le Nid de pierres
   L'Œil de Jupiter
Gilles Marcotte
   Le Manuscrit Phaneuf
   La Mort de Maurice Duplessis
      et autres nouvelles
   Une mission difficile
   La Vie réelle
Jean-Philippe Martel
   Chez les Sublimés
Yann Martel
   Paul en Finlande
Colin McAdam
   Fall
Christian Mistral
   Léon, Coco et Mulligan
   Sylvia au bout du rouleau ivre
   Vacuum
   Valium
   Vamp
   Vautour
Hélène Monette
   Le Blanc des yeux
   Il y a quelqu'un?
   Là où était ici
   Où irez-vous armés de chiffres?
   Plaisirs et Paysages kitsch
   Thérèse pour Joie et Orchestre
   Un jardin dans la nuit
   Unless
Pierre Monette
   Dernier automne
Caroline Montpetit
   L'Enfant
   Tomber du ciel
Lisa Moore
   Alligator
   Les Chambres nuptiales
   Février
   Open
Laure Morali
   En suivant Shimun
Pierre Morency
   Amouraska

Guillaume Morissette
- *Nouvel onglet*
- *Le Visage originel*

Alice Munro
- *Du côté de Castle Rock*
- *Fugitives*
- *Rien que la vie*
- *Un peu, beaucoup, passionnément, à la folie, pas du tout*

Pierre Nepveu
- *Des mondes peu habités*
- *L'Hiver de Mira Christophe*

Josip Novakovich
- *Infidélités*
- *Trois morts et neuf vies*

Grace O'Connell
- *Foudroyée*

Émile Ollivier
- *La Brûlerie*

Michael Ondaatje
- *Divisadero*
- *Le Fantôme d'Anil*
- *Ombres sur la Tamise*
- *La Table des autres*

Michèle Ouimet
- *L'Heure mauve*
- *La Promesse*

Markoosie Patsauq
- *Chasseur au harpon*

Nathalie Petrowski
- *Il restera toujours le Nebraska*
- *Maman last call*
- *Un été à No Damn Good*

Alison Pick
- *L'Enfant du jeudi*

Daniel Poliquin
- *Cherche rouquine, coupe garçonne*
- *L'Écureuil noir*
- *L'Historien de rien*
- *L'Homme de paille*
- *La Kermesse*
- *Le Vol de l'ange*

Monique Proulx
- *Les Aurores montréales*
- *Ce qu'il reste de moi*
- *Champagne*
- *Le cœur est un muscle involontaire*
- *Homme invisible à la fenêtre*

Pascale Quiviger
- *La Maison des temps rompus*
- *Pages à brûler*

Rober Racine
- *L'Atlas des films de Giotto*
- *Le Cœur de Mattingly*
- *L'Ombre de la Terre*
- *Les Vautours de Barcelone*

Mordecai Richler
- *L'Apprentissage de Duddy Kravitz*
- *Le Cavalier de Saint-Urbain*
- *Joshua*
- *Le Monde selon Barney*
- *Solomon Gursky*

Noah Richler
- *Mon pays, c'est un roman*

Mathieu Rolland
- *Souvenir de Night*

Yvon Rivard
- *Le Milieu du jour*
- *Le Siècle de Jeanne*
- *Les Silences du corbeau*

Louis-Bernard Robitaille
- *Le Zoo de Berlin*

Alain Roy
- *Le Grand Respir*
- *L'Impudeur*
- *Quoi mettre dans sa valise?*

Simon Roy
- *Owen Hopkins, Esquire*

Lori Saint-Martin
- *Les Portes closes*
- *Pour qui je me prends*

Jacques Savoie
- *#Maria*

Mauricio Segura
- *Eucalyptus*
- *Bouche-à-bouche*
- *Côte-des-Nègres*
- *Oscar*
- *Viral*

Alexandre Soublière
- *Amanita virosa*
- *Charlotte before Christ*

Gaétan Soucy
- *L'Acquittement*
- *Catoblépas*
- *Music-Hall!*
- *La petite fille qui aimait trop les allumettes*

Jeet Thayil
    Narcopolis
France Théoret
    Les apparatchiks vont à la mer Noire
    Une belle éducation
Marie José Thériault
    Les Demoiselles de Numidie
    L'Envoleur de chevaux
Pierre-Yves Thiran
    Bal à l'abattoir
Scott Thornley
    Mémoire brûlée
Miriam Toews
    Ce qu'elles disent
    Drôle de tendresse
    Irma Voth
    Jamais je ne t'oublierai
    Pauvres petits chagrins
    Les Troutman volants
Su Tong
    Le Mythe de Meng

Emmanuelle Tremblay
    Je suis un thriller sentimental
Lise Tremblay
    Chemin Saint-Paul
    L'Habitude des bêtes
    La Sœur de Judith
Marie-Laurence Trépanier
    Saints-Damnés
Guillaume Vigneault
    Carnets de naufrage
    Chercher le vent
Kathleen Winter
    Annabel
    Nord infini
    Onze jours en septembre

L'Intérieur de ce livre a été imprimé sur du papier
30 % postconsommation, traité sans chlore, certifié ÉcoLogo
et fabriqué dans une usine fonctionnant au biogaz.

MISE EN PAGES ET TYPOGRAPHIE :
LES ÉDITIONS DU BORÉAL

ACHEVÉ D'IMPRIMER EN AOÛT 2021
SUR LES PRESSES DE L'IMPRIMERIE GAUVIN
À GATINEAU (QUÉBEC).